宋词小札

今天我们怎么读宋词

（下）

刘逸生/著

廣東旅游出版社
GUANGDONG TRAVEL & TOURISM PRESS
中国·广州

名人对宋词的评价

朱彝尊

词至南宋始极其工，至宋季而始极其变。

纪昀

词自晚唐、五代以来，以清切婉丽为宗，至柳永而一变，如诗家之有白居易；至苏轼而又一变，如诗家之有韩愈，遂开南宋辛弃疾等一派。

杨慎

宋人中填词，李易安亦称冠绝。使在衣冠，当与秦七、黄九争雄，不独雄于闺阁也。其词名《漱玉集》，寻之未得。《声声慢》一词，最为婉妙。……山谷所谓“以故为新，以俗为雅”者，易安先得之矣。

徐度

（柳永）词虽极工致，然多杂以鄙语，故流俗人尤善道之。其后欧、苏诸公继出，文格一变，至为歌词，体制高雅。

王世贞

之诗而词，非词也；之词而诗，非诗也。言其业，李氏、晏氏父子、耆卿、子野、美成、少游、易安至也，词之正宗矣。温、韦艳而促，黄九精而险，长公丽而壮，幼安辨而奇。又其次也，词之变体也。词兴而乐府亡矣，曲兴而词亡矣。非乐府与词之亡，其调亡也。

刘熙载

东坡词颇似老杜诗，以其无事不可入，无意不可言也。

林庚

词到了北宋，作者盛极一时，花间派仿佛山里的清泉，二主词仿佛三峡的天险，北宋词则平波初下一泻千里，正是恰到好处的时候。

陈廷焯

苏、辛并称，然两人绝不相似。魄力之大，苏不如辛。气体之高，辛不逮苏远矣。东坡词寓意高远，运笔空灵，措语忠厚，其独至处，美成、白石亦不能到。昔人谓东坡词非正声，此特拘于音调言之，而不究本原之所在。眼光如豆，不足与之辩也。

刘体仁

周美成不止不能作情语，其体雅正，无旁见侧出之妙。柳七最尖颖，时有俳狎，故子瞻以是呵少游。若山谷亦不免，如“我不合太撋就”类。下此则蒜酪体也。惟易安居士“最难将息”。“怎一个愁字了得”，深妙稳雅，不落蒜酪，亦不落绝句，真此道本色当行第一人也。

王国维

词以境界为最上。有境界则自成高格，自有名句。五代、北宋之词所以独绝者在此。

胡适

苏东坡以前，是教坊乐工与娼家妓女歌唱的词；东坡到稼轩、后村，是诗人的词；白石以后，直到宋末元初，是词匠的词。

这本书要带你去旅行的地方

洛阳龙门石窟

洛阳

宋代称“西京”，与都城汴京（河南开封）合称为“两京”。洛阳的历史地位在唐朝已经奠定。武则天时期，以洛阳为神都，又叫洛州为都城。后唐曾建都于洛阳。北宋定都汴京开封，称为东京，称洛阳为西京即洛阳的陪都。

与洛阳有关的词

洛阳愁绝，杨柳花飘雪。（温庭筠《清平乐》）

回首洛阳花石尽，烟渺黍离之地，更不复、新亭堕泪。（文及翁《贺新郎·游西湖有感》）

开封

开封是宋文化的发祥地，宋词的发展离不开开封。开封是北宋都城，称“东京”，迄今已有4100余年的建城史和建都史，先后有夏朝，战国时期的魏国，五代时期的后梁、后晋、后汉、后周，宋朝，金朝等朝代相继在此定都，素有八朝古都之称，孕育了上承汉唐、下启明清、影响深远的“宋文化”。东京城是当时世界第一大城市，以其博大、繁华、富足，直接促使了宋词的空前繁荣。北宋画家张择端的名作《清明上河图》描绘的就是东京城的繁盛景象。

与开封有关的词

故都迷岸草，望长淮依然绕孤城。（叶梦得《八声甘州·寿阳楼八公山作》）

中州盛日，闺门多暇，记得偏重三五。铺翠冠儿，捻金雪柳，簇带争济楚。（李清照《永遇乐》）

梦绕神州路，怅秋风、连营画角，故宫离黍。（张元干《贺新郎·梦绕神州路》）

年时燕子，料今宵梦到西园。浑未办、黄柑荐酒，更传青韭堆盘？（辛弃疾《汉宫春·春已归来》）

到此因念，绣阁轻抛，浪萍难驻。叹后约丁宁竟何据？（柳永《夜半乐·冻云黯淡天气》）

忆昔西池会，鹓鹭同飞盖。（秦观《千秋岁·水边沙外》）

开封清明上河园

秦淮河

扬州

都说扬州历史“兴于汉，盛于唐，繁荣于康雍乾”，但实际上扬州历史上还有一个兴盛时期，那就是北宋。宋代之前，扬州自建城起，经历了十个朝代，分别是春秋（战国）、秦、西汉、东汉、三国、西晋、东晋、隋、唐，五代十国。北宋文化，赓续了这十个朝代的遗韵。

与扬州有关的词

试问江南诸伴侣，谁似我，醉扬州。（苏轼《江城子·墨云拖雨过西楼》）

二十四桥仍在，波心荡、冷月无声。（姜夔《扬州慢·淮左名都》）

花发路香，莺啼人起，珠帘十里东风。（秦观《望海潮》）

檐牙缥缈小倡楼。凉月挂银钩。聒席笙歌，透帘灯火，风景似扬州。（周邦彦《少年游·檐牙缥缈小倡楼》）

杭州

临安城，位于今浙江省杭州市，是南宋王朝都城所在。北宋期间，纺织、印刷、酿酒、造纸业都较发达，对外贸易进一步开展。经过北宋167年的发展，到了南宋时，开始了杭州的鼎盛时期。南宋建炎三年（1129），置行宫于杭州，为行在所，升为临安府，治所在钱塘。辖钱塘、仁和、临安、余杭、于潜、昌化、富阳、新城、盐官九县。临安成为全国的政治、经济、文化中心，直至1276年南宋灭亡，前后共计一百三十八年。

与杭州有关的词

画船载、清明过却，晴烟冉冉吴宫树。（吴文英《莺啼序·残寒正欺病酒》）

十载西湖，傍柳系马，趁娇尘软雾。（吴文英《莺啼序·残寒正欺病酒》）

东南形胜，三吴都会，钱塘自古繁华。（柳永《望海潮》）

白云“天竺去来，图画里峥嵘楼阁开。爱纵横二涧，东西水绕；两峰南北，高下云堆。”（刘过《沁园春·斗酒彘肩》）

西湖雷峰塔

宋·李迪《禽浴图》

宋·李嵩《花篮图》

[目录]

辛弃疾

刘过

史达祖

张镃

秦观

1049—1100年，字少游，一字太虚，高邮人。元丰八年（1085）进士，元祐初，官秘书省正字、兼国史院编修官，绍圣初，削秩，监处州酒税，徙郴州，编管横州，又徙雷州，元符三年（1100）卒于藤州。有《淮海居士长短句》三卷。

千秋岁

水边沙外，城郭春寒退。花影乱，莺声碎。飘零疏酒盏，离别宽衣带。人不见，碧云暮合空相对。

忆昔西池会，鹓鹭同飞盖。携手处，今谁在？日边清梦断，镜里朱颜改。春去也！飞红万点愁如海。

清代词评家冯煦说："淮海（秦观）、小山（晏幾道），古之伤心人也。其淡语皆有味，浅语皆有致。"（味是回味，致是情致）评价很高。在两宋词人中，这两位作者也实在当之无愧。但如果仅仅以淡语、浅语来概括秦观，那便远不足以说明秦观的面目。

许多人都认为秦观是"婉约派"，婉约固然是他一大特色，然而也只是大致上概括罢了。其实他有些作品，在婉约之中包含激烈，而且是异常的激烈。可以说他是外婉约而内激烈的。

王国维是看出秦观的内在激烈的，认为他有凄厉一面[①]，并且也肯定这种凄厉。这个看法是值得重视的。

然而，激烈也好，凄厉也好，如果只是出于个人的遭遇不幸，它的作品的意义毕竟有限。便拿秦观这首词来说，如果抒发的只不过是一人的身世之痛，难免使人觉得这种凄厉有些过分，但如果进一步观察，看出这首词是绍圣年间新旧两党因王安石变法引起的矛盾的激化的反映，而作者所代表的又是整个失败一派（旧派）的广大悲哀，那就不单不会认为它过于凄厉，反而会认为是理所当然的了。

看来，细心的读者已经发现，这首《千秋岁》开头才说"春寒退"，又说"花影乱，莺声碎"，分明是仲春天气，风物正佳，为什么下面忽然来个"飞红万点"，大叹"春去也"，不是很奇怪吗？

其实，这正是作者心情的形象的反映。

北宋新党和旧党之争，是一场需要认真分析的历史公案。在这里没有必要详论。简单地说，由于王安石的变法和司马光等人的反变法，进而形成宗派，演为派系斗争。这一派上台，不问青红皂白，把另一派统统打倒，一个不留。而当另一派抬头，又以同样手段进行报复。其结果是两败俱伤（参看上册苏轼《水调歌头》）。

元祐年间（1086—1093）正是旧派得势的时候。元丰八年（1085）三月，神宗崩逝。皇太子年仅十岁，由太皇太后高氏临朝听政。重用司马光。明年，改元元祐。以苏轼为翰林院学士，兼侍读。于是黄庭坚、苏辙、秦观等著名诗人都集中在汴京。他们都有共同或相近的政治主张。那时秦观虽然还是一名太学博士兼国史院编修官，但史官称他“强志盛气，好大而见奇，读兵家书，与己意合”，可见他是个倔犟负气，勇于自信，有政治热情的人，不甘于只作为一个文人而已的。但是，旧党好景不常，到元祐八年（1093），太后高氏崩，哲宗亲政，改元绍圣，于是政局发生重大变化，新法中人如章惇、吕惠卿等恢复进用，旧派大量受到贬斥，苏轼兄弟、黄庭坚、秦观等都纷纷被逐出京师。在旧派看来，这自然是翻天覆地的巨变。牵涉在内的秦观，初则贬为杭州通判，再斥为监处州酒税。多年在汴京的一班旧好，霎时间风流云散了。

秦观这首词就是在处州（今浙江丽水县）当一名监酒税官的时候写的[②]，他的内心正翻腾着极度的忧伤。

词的开头，写的是城郊的春日风光。他面对眼前的佳丽春光，却涌起了一股强烈的今昔之感。

在“绿水之旁，沙岸之畔”，举目一望，城墙内外春寒已退，春色渐浓。“花影乱，莺声碎”，那是一片热闹的好春。

这好像是眼前在处州的春景，但其实是他回忆中的春景。他记起在汴京时，同样是“水边沙外”，同样是“花影乱，莺声碎”，每逢这些佳日，便同一班好友（其中少不免有苏轼、黄庭坚等人），或骑马，或驰车，去到城郊园庭花木所在，诗酒流连，纵情玩赏。

可是，如今却变成“飘零疏酒盏，离别宽衣带”了。

由于人在外地飘零，彼此喝酒不在一起，所以彼此的酒杯也疏远了。

也是由于离别，彼此相思，正如柳永说的“衣带渐宽都不悔，况伊消得人憔悴”。（见上册柳永《凤栖梧》词）自己往身上一看，那衣带不也是这个样子吗？

面对眼前春光，人却憔悴零落。只剩下自己一个，老友都四散分飞了。这时候，同自己相对的，只有天边的碧云，碧云逐渐同暮色结合起来，形成一片凄迷黯淡的气氛——这就是“碧云暮合空相对”。

上片写的就是这样一段触景生情。

下片：“忆昔西池会，鹓鹭同飞盖”，是追想当年朋友们在汴京的一段快乐的叙会。西池，据陆游《老学庵笔记》卷六：“故老言，大臣尝从容请幸金明池。哲庙（按，即哲宗）曰：祖宗幸西池，必宴射。朕不能射，不敢出。……后勉一幸金明，所谓龙舟，非独不登，亦终不观也。”可见便是汴京西郊的金明池。他是同朋友常到金明池游玩的。“鹓鹭”，是两种鸟，古人用来比喻品级相差不远的同僚。如《隋书·音乐志》：“怀黄绾白，鹓鹭成行。”唐李峤《陈情表》：“思解鹓鹏之服，愿辞鹓鹭之行。”岑参《初至西虢官舍南池》诗：“空积犬马恋，岂思鸦鹭行。”都是。“盖”是车子上遮阳的帷伞。“飞”是形容车子在奔驰。你看他们几个老朋友，坐着马车，在绿阴无限的官道上，指点江山，议论时政，何等徜徉自得，何其豪情胜概！

不料转眼之间，政治局面发生巨变，朝廷中换上另一派政见不同的人物，原来的朋友们，一个都没有留下。他不禁惘然自失地问道：“携手处，今谁在？”

“日边清梦断”——传说伊尹受汤王之聘前，曾梦乘船经过日月旁边。“日边”，即皇帝的身边。只有执掌权力的大臣才能靠近“日边”。如今，元祐这一伙人的“日边”好梦，显然已经断绝了，所以说是“清梦断”。

“镜里朱颜改”——同伙们都不是青春年少，这一番蹉跌，难道还有翻身的日子吗？只有眼看着逐年逐月地改变了镜中的红颜。

于是，作者把这场巨大的政治失败，凝聚成为一句凄厉的绝叫：

春去也！飞红万点愁如海。

“春”，指的是人事方面的春，也就是好的光景。“飞红万点”，那是一大批被斥逐的元祐党人。整个政治集团一下子给对手打垮了，就像满树繁英霎时化做飞红片片。他多么痛心，又多么伤悼！

这才是抱着一腔政治抱负的秦淮海感到无以自解的——愁如海。

应该从这个角度去看秦观这首词，才能感受到其悲伤的深度。

正因为这首词写得如此凄厉。他的朋友读了以后，都很有感慨。其中苏轼、黄庭坚、孔平仲、李之仪四人都有次韵《千秋岁》的词现存。苏词有“岛边天外，未老身先退”的话。黄庭坚在秦观死后，追和《千秋岁》词，更是凄婉，有“洒泪谁能会？醉卧藤阴盖，人已去，词空在……海涛万顷珠沉海”的话。李之仪的和韵，也有“叹息谁能会，犹记逢倾盖。情暂遣，心常在”等句。可以看出秦观此词传出后，朋友们震动之大，感触之深。

秦观并不是一味“婉约”的，在必要的时候，他敢于掣出匕首，迎面搏杀。正如一个有非凡本领的勇士，当他集中全力进行狠命一击的时候，是足以使人目摇神骇的。请看这些句子：

郴江幸自绕郴山，为谁流下潇湘去？

——《踏莎行》

两情若是久长时，又岂在朝朝暮暮！

——《鹊桥仙》

都是“婉约”其表，而实则用全力搏击。这才是我们这位名家的非凡本领。

①王国维《人间词话》：“少游词境最凄婉，至‘可堪孤馆闭春寒，杜鹃声里斜阳暮’，则变而凄厉矣。东坡赏其后二语（即“郴江幸自绕郴山，为谁流下潇湘去”两句），犹为皮相。”按，少游“郴江”两句含意极为深刻。郴江本来是绕着郴山转的，为什么它又流到潇湘那边去了？这是一个打比。比喻自己原是一员小京官，在京都安分守己地干下去就行了，为什么偏要卷进政治漩涡里去，落得这种可怜的下场呢？苏轼是领会这个意思的，所以有意把这两句写在自己的扇子上。（见《冷斋夜话》）还说：“少游已矣！虽万人何赎。”他自己不是也慨叹过“我被聪明误一生”吗？他应当也痛感到“为谁流下潇湘去”的失策。所以王国维认为苏轼欣赏此二语为“皮相”（即肤浅），那还是未真正领会秦少游心中的惨痛的。

②按汲古阁刊本《淮海词》此词下题为“谪虔州日作”，虔州是处州之误。曾季貍《艇斋诗话》说：“少游‘水边沙外，城郭春寒退’词，为张芸叟（按，即张舜民，时谪为郴州税）作。”曾敏行《独醒杂志》卷五，则说此词是秦观谪守藤州（今广西藤县）后，过衡阳为孔毅甫作。记载颇为混乱。

鹊桥仙

纤云弄巧，飞星传恨，银汉迢迢暗度。金风玉露一相逢，便胜却人间无数。

柔情似水，佳期如梦，忍顾鹊桥归路！两情若是久长时，又岂在朝朝暮暮！

牛女双星的神话不同寻常。因为它是远古以来我们汉族祖先构思的星象神话中，能够流传下来的仅有几个之一，所以就显得特别可贵。

本来，不论哪个古老民族，他们的祖先对于头顶上无比灿烂的星象，都曾产生过许多神奇的幻想，由此又构成各种各样的神奇传说。不过，传说和神话虽多，后来也有幸与不幸。有些民族虽有不少神话，却随着社会的逐步发展而大量失传、湮没了。我们汉族就是属于这种情况的。最幸运的恐怕是希腊人，他们在极目杳冥的地平远处，在浩荡无垠的海天会合中，看到了神秘莫测的星辰起落；又在圆穹深处，看到飞跃的流星，曳尾的奇彗，茫茫闪烁的银河，罗列成形而又永不移动的远方天体……于是在他们的头脑里，一个宙斯世界出现了。故事丰富而又曲折，真是色彩斑斓，神奇无比。而更难得的是，这些神话一直能保存至今，一直使亿万世人为之神往。

对后人来说，古代神话也是文艺创作的很好素材。假如我们祖先远古神话能更多地保存下来，这三千年的诗歌、两千年的小说、一千年的戏剧以及可以追溯得很远的音乐、绘画、舞蹈，其内容也许要比如今更加丰富多彩吧！

然而我又希望，随着今后各个民族（这里是包括各大洲的诸民族）的文化交流更进一步密切，乃至互相汇合交融，那么，其他民族的星象神话会很自然地被引进我们的文艺领域，从而茁生出更多和更瑰丽的鲜花。

神话，不管它怎么动人，对后人来说仍然只是创作的素材；问题还在于有了素材以后能否创作出真正能感动人、真正能传之不朽的好作品。

拿牛女双星这个神话来说，别的朝代且不论，单说在两宋词坛，人们歌咏这个爱情故事的篇章何止千万，可是照现存的名家作品来看，写得真正好的实在是少之又少，而能长久地脍炙人口传诵不衰的，恐怕就只有秦观这首《鹊桥仙》了。

双星故事本来人人皆知，情节并不曲折，寓意也是颇为简单。但正因如此，拿它来进行创作，便不那样容易打动人心；连名家也往往达不到应有的水平。要举例的话，请看下面这几位名家的手笔：

欧阳修《渔家傲》是这样说的：

……一别经年今始见，新欢往恨知何限？天上佳期贪眷恋，良宵短，人间不合催银箭。

他以为牛郎织女一年一度相逢，必然是“贪眷恋”的，因此人们不应该惊破他俩的好梦。这种构思说不上有什么高明。

柳永的《二郎神》是这样说的：

……愿天上人间，占得欢娱，年年今夜。

好像是明代高则诚《琵琶记》中“唯愿取年年此夜，人月双清”一语的出处。作为祝颂的吉词，自然是不错的，但也仅仅是吉词而已。

苏东坡的《菩萨蛮》又是这样说的：

相逢虽草草，长共天难老。终不羡人间，人间日似年。

这已经涉及天上爱情的长久了。可是，句子的构造还未能达到理想。

下面又是张先的《菩萨蛮》：

牛星织女年年别，分明不及人间物。匹鸟少孤飞，断沙犹并栖。……

他是以人间的恋情反过来傲视双星。立意恰同苏东坡相反，但其缺点却还是一样。

北宋名家，其成就不过如此。可见便是一个小小题目，考起试来也不是容易对付的。

于是也就突出了秦观这首《鹊桥仙》。

这首词开头，是一幅七夕的美景。天上织着一些纤细的云彩，偶尔暗暗飘过银河，偶尔又把一些星宿遮掩起来，好像有意显示它那灵巧的身段似的。忽然，长空划过一道闪亮的光辉，从东到西越过半个天空，又消失在冥冥的黑暗里。那是一颗明亮的流星，仿佛又是一位报信的使者，牛女的离别之恨，七夕的欢会之期，通过它的流光，带出了牛女双星通过鹊桥，渡过银河，作一年一度的聚合了。

这开头三句写得很空灵，笔触轻巧，着墨不多。因为故事是大家熟悉的，用不着多费唇舌，只是轻轻一笔把题目点出也就行了。

然后，重点出现在下面两句。你看作者浓蘸巨笔，在纸上大书特书道：

金风玉露一相逢，便胜却人间无数。

这才是双星故事所蕴藏的特有的思想光辉。

“一相逢”，指牛女双星的一年一度；“人间无数”有两种含义，一是世上的无数人，一指人间夫妻朝夕相会。“一”和“无数”是两极端。“无数”比“一”大上无数倍，照理，“一”无论如何比不上“无数”，可是，任何事物都不是永恒不变的，在一定的条件下，“一”又可以胜过“无数”。这个条件就是爱情的无限坚贞，无限纯洁。请想想吧！世间有多少男女爱情能够像双星那样永远也不亏损，永远如此诚挚呢？在这里，秦观不但高度概括了双星故事的爱情意义，而且嘲笑了世俗那些虚伪短暂的爱情，从而树立了牛女双星的崇高的形象。

下片，开头写双星的一段短暂的欢会。“柔情似水”，形容双方感情深沉广大，浩渺无际；“佳期如梦”，这一欢会又是似真如幻，并且是非常短暂的；“忍顾鹊桥归路”，不能不又分手了。这里又有多少依恋，多少怅惘！

这是行文上的反跌，用以衬起下文的气势。

那么，应该怎样看待这种天上的离别呢？作者以更加昂扬的调子，振笔大书道：

两情若是久长时，又岂在朝朝暮暮！

真像是禅宗的棒喝，佛门的顿悟，使人为之猛然震惊。双星的品格获得高度的升华，“七夕”的纪念有了更大的含义，连读此词者的感情也顿然为之净化了。

“朝朝暮暮”，也就是朝夕厮守，如此岂不甚好！然而关键却在于“两情”是否“久长”。如果是尔虞我诈的“朝朝暮暮”，那还不如趁早决绝，省却烦恼。

法国作家罗曼·罗兰写过一部小说，那名字就叫《搏斗》。男女主人公是一对不同国籍的青年。在开头，那种“朝朝暮暮”简直达到疯狂的程度；然而不久，两人就在彼此猜疑、窥伺、嫉妒、敌视中过着痛苦的日子。罗曼·罗兰对人生的观察是深刻的；秦观同样也看出了永恒和短暂的辩证关系。“朝朝暮暮”同幸福并不是同义语，而“金风玉露一相逢”，从某一角度去看，不等于就没有幸福。

而且，这两句诗给予人间的离别者以多么巨大的安慰和鼓励啊！每当他们在离别之中读着“两情若是久长时……”的时候，不是好像感到一股支持的力量吗？

就这样，秦观把牛郎织女的故事的意义进一步深化了，人物的品格也显得更为崇高了。对比着前面引录的欧、柳诸人的作品，秦观这首《鹊桥仙》，岂不像是高蹈银河、俯视尘世的爱情之星！

浣溪沙

漠漠轻寒上小楼，晓阴无赖似穷秋。淡烟流水画屏幽。

自在飞花轻似梦，无边丝雨细如愁。宝帘闲挂小银钩。

在寻味这首词的技巧的时候，我脑子里忽然涌出一首晚唐人写的绝句：

碧栏干外绣帘垂，

猩色屏风画折枝。

八尺龙须方锦褥，

已凉天气未寒时。

——韩偓《已凉》

这是一首很有启发性的作品，在初唐、盛唐大大小小诗人中，似乎还没有谁敢于这样落笔。因为它实在过分“特写化”了，连盛唐的大师们也没想到就这样也可以算得上是一件完成的作品。

它只是写了几样陈设，一种天气，题目是从诗中随手拈来的：这能算是诗么？

我们回答说：是诗，而且是晚唐的诗。因为它体现了近体诗的高度技巧，是诗法已经进入完全成熟的阶段才出现的新派的诗。我们就说它是晚唐派吧，是新出现的。

乍一看时，这首诗似乎没头没脑，还没有说完一件事，很不完整。可是只要我们仔细寻味，那引人联想的空间就出现了；而且这空间是如此深邃、幽渺，仿佛一个捉摸不定的境界，其中似乎有人物的活动，却又藏在朦胧不定之中，因之你必须填充诗里不曾道破的内容。

你不禁要问：到底是什么东西能够发生这种作用？

回答是简单的：那是你自己的脑子。

你是一个有生活经验，又有一定的文化修养的人，你接触过一定数量的文艺作品，掌握它的规律，也懂得了不少表现技巧，因之你具有属于文艺范畴的思维活动；而由于具有这种思维活动，又使你掌握了一种特殊的本领：你能够从没有线条中看出线条，没有声响中听出声响，没有语言中领会语言，没有形象中体会形象。这是你比之缺乏文艺素养的人要高明的地方。

一个作家在进行创作的时候，决不可以忘记或低估作品欣赏者的艺术思维能力。不应该把欣赏者看成比自己低能的，应该承认他们的鉴赏能力不比自己差，要让他们与作者充分合作，一起发掘作品的内在蕴藏。

为什么画里的船儿可以飘在一片素白的地方？为什么纸上那一段白色就是云彩？为什么舞台上演员的表演是形神兼备，而布景却简单到几乎一无所有？为什么诗歌的语言有如此其多的省略、跳跃，同时又有如此之多的交叉、重叠？为什么音乐的旋律可以表现人物的性格？……类似的例子太多了，归结到一点，创作者都懂得尊重欣赏者的艺术思维能力，理解他们欣赏的本领。

韩偓那首《已凉》，对室中的陈设描写如此工细，连屏风是猩红色，上面画着折枝花，龙须席子方横八尺，锦褥是方形的，都细细写出，天气已凉而未寒，也是够具体的了。唯独就不曾下一个字去描写室中人，真是连痕迹都找不着。可是，由于作者细致而准确地交代了一个特定的环境和气氛，让读者恍如置身其中，于是读者就有把握驰骋自己的想象力，把室中人物“再创造”出来，使之切合这样的环境。

自然，那是些什么人物？形象如何？是坐着还是睡着？读者的想象未必便与作者的原型完全相同，而且不同读者又可以有不同的想象。尽管如此，这一篇作品其实已经写完了，作者的目的达到了，而读者也不会认为它是“半成品”。这样，一种代表新派的艺术出现了。

晚唐的诗歌是不可忽视的，在艺术技巧上它颇有突破盛唐的地方。从前颇有人卑视晚唐，认为它纤巧，其实纤巧何尝不是一种艺术风格，何必加以歧视！何况所谓纤巧者，又往往是细腻精巧的东西，更是不应一律否定的。

理解了《已凉》，那么，秦观这首《浣溪沙》就好掌握了。

他这首词使用的也就是《已凉》的那种手法。也是细致地写了季节，写了画屏和宝帘，写了飞花和春雨，除此之外，也是没有一个字写到人，连痕迹都没有。可是这样的一个特定环境，它让你走了进去，你就能够看见处在这环境中的人物，甚至能够猜到他（或她）此时的心境。

真是多么奇妙！

那是春寒未退的时候，小楼里面有一个人（他，或她。姑且就认为是她吧）。她感到这小楼的气氛一片凄冷。为什么呢？楼里没有半点儿温暖，有的只是一阵阵似乎是无所不在的早春的寒意，这寒意好像是从楼外一步步进入楼中的，使得这春天的阴暗的早晨变成了凄冷的晚秋天色了。

她还依旧躺在床上，床头立着几曲屏风，屏风上面绘着一弯流水，几缕细烟……她怔怔地瞅着这些用轻柔的线条组成的东西，总觉得凄冷而又寂寞。

突然，一瓣两瓣飞花从窗口飞了进来，仿佛就在床前舞蹈着……

一忽儿，她便进入了梦境。那梦境迷糊恍惚，像飞花那样悠扬，那样自在。不知是这些飞花化成了一场梦境，还是梦境出现飞花。她这时才觉得自己是在追逐着那三片两片、霎时又化为千片万片的飞花，飞出窗外，飞在空中，随风上下。这才真是自由自在，无拘无束啊……

可是，正当她获得这少有的愉快的当口，梦却像泡沫一样，破灭了。

窗外正在下着一丝丝细雨，那雨细得宛如尘雾，在天空中交织成广大迷蒙的一片。她站到窗下，抬头看着这雨，雨仿佛织成了一张忧愁的巨网，无边无际，无穷无尽！

于是，帘子依旧放了下来。人们只见帘钩空荡荡地摇晃着……

我能驰骋的想象大抵便是如此。比我聪明的读者自然还有很多可以回翔的天地，让各人自己去补充发挥吧！作者是会欢迎这种合作的。

那么，作者在这首词里打算告诉我们一些什么呢？

假如我在上面的“再创造”没有完全走入歧途，我以为作者要表现的依然是传统的“闺怨”的主题。词里描写了一位闺中少妇在晚春时节的无聊情绪和对禁闭似的生活的怨恨。主题并不新鲜，可是运用的手法却是吸取了晚唐新派诗人的成就。如果我们说，宋词中的婉约派是继承晚唐新派诗人的衣钵，而又加以发扬光大，恐怕不会是毫无根据的瞎说吧！

下面，让我们再对全词进行艺术分析：

用“漠漠”形容轻寒，是因为这轻寒无所不在，人无法把它甩开。这句中就含有人的愁意。而且“轻寒”又仿佛故意同室中人作拗，它毫不客气地侵入小楼，使室中更添上凄冷，那便使室中人倍觉难堪。开头这句，出现一种特殊的环境，让读者感到其中的不寻常的气氛。

第二句是进一步加强这凄冷的感觉。本来是春天，可是偏偏不像春天，而是浓阴四布，没有阳光，反而像是深秋的天气。“穷秋”是说秋天已尽，那天气是森冷的。句中还下了“无赖”二字，“无赖”是恼恨之词，室中人对于这样的天气，简直恼恨极了，所以直说它“无赖”。

第三句补充室内的环境。古代富贵人家的卧室，有一种小屏风，是围在床头的，用来挡风或遮光。晏幾道《蝶恋花》词：“斜月半窗还少睡，画屏闲展吴山翠。”周邦彦《隔浦莲》词：“屏里吴山梦自到。”张先《清平乐》词：“屏山斜展，帐卷红绡半。”晏殊《清平乐》词：“双燕欲归时节，银屏昨夜微寒。”都是。屏风上多画人物、山水或禽鸟。温庭筠《菩萨蛮》词“小山重叠金明灭”，是说金色屏风上画了重叠的山，反映晨早的阳光。又《偶游》诗：“红珠斗帐樱桃熟，金尾屏风孔雀闲。”是说屏风画了孔雀。杜牧《屏风绝句》：“屏风周昉画纤腰，岁久丹青色半销。”是说屏风上画了仕女。秦观此词的“淡烟流水”，也是屏风上面所画的。有了这句，点出人是睡在床上，或是躺在床上发愣。开出下片的梦境。

下片首句以飞花比梦境的悠飏，意境极美，用“自在”二字，反衬室中人物的不自在或不自由，是意在言外的一笔。“飞花轻似梦”，解为梦似飞花那样轻，更为传神。次句，“丝雨”用“无边”二字形容，更显得春雨的使人烦闷，而室中人的“愁”则简直无可摆脱。这都是不寻常的笔墨。本来，愁无所谓粗细，但因下着丝雨，人又因雨而更愁，所以就有“愁如细雨”的比喻，新奇而又贴切。最后那句，用室中景物作结，让读者自己去伸展想象，更是余情袅袅的一笔。那时候，室中人在干什么呢？应当是更孤独吧？但她又能怎么样？这都只有留给读者去体味了。

秦观这首词，意境迷离，辞藻优美，很能表现婉约派的特色。

贺铸

1052—1125年，字方回，卫州（今属河南）人。元祐中通判泗州，又倅太平州。退居吴下，筑室横塘，自号庆湖遗老。有《东山寓声乐府》三卷。

青玉案（横塘路）

凌波不过横塘路，但目送、芳尘去。锦瑟华年谁与度？月桥花院，琐窗朱户？只有春知处！

飞云冉冉蘅皋暮，彩笔新题断肠句。试问闲愁都几许？一川烟草，满城风絮，梅子黄时雨。

这是贺铸在暮春时节写的怀念一个女子的作品。

这首词一向名气很大，不仅当时有许多人极口称赞，像黄庭坚就为此写一首诗，内中说："解作江南断肠句，只今唯有贺方回。"（《寄贺方回》）据吴曾《能改斋漫录》卷十六："贺方回为《青玉案》词，山谷尤爱之，故作小诗以纪其事。"而且还有不少人步韵写词，表示倾倒。粗略一算，与他同时或稍后的人，用《青玉案》词牌而步贺韵的，就有苏东坡的"和贺方回韵送伯固归吴中故居"（首句是"三年枕上吴中路"）；李之仪的"用贺方回韵有所祷而作"（首句为"小篷又泛曾行路"），黄大临（首句为"行人欲上来时路"；又"千峰百嶂宜州路"），黄庭坚的"至宜州次韵上酬七兄"（首句为"烟中一线来时路"），周紫芝的"凌歊台怀姑溪老人"（首句为"青鞋忍踏江沙路"），蔡伸的"和贺方回韵"（首句为"参差弱柳长堤路"）；王之道的"送无为守张文伯还朝"（首句为"逢人借问钱塘路"）；冯时行的"和贺方回《青玉案》寄果山诸公"（首句为"年时江上垂杨路"）；杨无咎的"次贺方回韵"（首句为"五云楼阁蓬瀛路"）；史浩的"用贺方回韵"（首句为"涌金斜转青云路"）；还有张元干的一首，有小序云："贺方回所作，世间和韵者多矣……"（首句为"平生百绕垂虹路"）等，足见贺铸这首词影响之大和爱好者之多。

但是话虽如此，因为这首词写得幽隐婉约，后来有些人就不大弄得清楚它写的内容是什么。黄蓼园说此词上片"第孤寂自守，无与为欢，惟有春风相慰藉而已。后段言幽居肠断，不尽穷愁，惟见烟草风絮，梅雨如雾，共此旦晚，无非写其境之郁勃岑寂耳。”（见《蓼园词选》）就是一例。

其实作者怀念前欢的感情是十分深沉的。

横塘路是苏州一个名胜。《中吴纪闻》说，贺铸在此地有一间别墅。可见词是在他这别墅写的。

从整首词看，作者在这地方曾经和一个女子相好，后来女的离去，就再也不回来了。如今又是春暮，时节引起他深深的回忆。他盼望她也许会在这时候回来，但是终于毫无踪影。开头一句——“凌波不过横塘路”，正是写出了作者这种怅惘。

“凌波”一词从曹植《洛神赋》“凌波微步，罗袜生尘”借来，指代他认识的那女子。周邦彦《瑞鹤仙》词“凌波步弱，过短亭、何用素约。”亦用此意。

“目送芳尘”是凝望已久。用一“但”字，见得人是杳无踪影，满眼只有落花飞絮，红紫成尘，一片春去的景色。

人终于没有再来。他心头充满疑问：“她如今到底在什么地方？她同谁待在一起？她的生活是怎么过的？”这一串疑问，他都无法解答。于是，他不能不涌出“锦瑟华年谁与度”的念头来。这是一句深情的追问，然而没有人能够解答，他自己当然也无法解答。

“锦瑟华年”，说的是她的年纪。瑟有二十三弦的，有二十五弦的。《汉书·郊祀志》：“泰帝使素女鼓五十弦瑟，悲，帝禁不止，故破其瑟为二十五弦。”因此“锦瑟华年”说的是她年纪是二十来岁。

“月桥花院，琐窗朱户”——这八个字是猜测那女子的下落的疑问句。她是在月桥，还是花院？是在琐窗，还是朱户？是哪一处似月的桥、堆花之院？是哪一家青琐之窗、朱漆门户？谁知道呢？谁也不知道。

由于那女子的终不见来，他做了许多猜测：也许她已流落异地，也许她已嫁了他人，也许还是回到娘家去……但毕竟都只是猜测。

于是他终于发出这样的慨叹：“只有春知处！”也许唯一知道她的下落的只有春之神了。然而春之神只管忙着回到那天涯海角的老家，并不曾告诉他半点儿消息。

这是上片。那情怀之凄婉，心境的悲凉，已经深深打动了读者。真是“别时容易见时难”，人生的遇合常常就是这样。

“飞云冉冉蘅皋暮”[①]——他追忆旧时的欢好，怀念离人的行踪，反反复复，心情激荡，早就忘记时间的早晚了。直等看到飞云冉冉散去，草原暮色苍茫，才猛然发觉天色已经暗下来了。而那些往事，正如冉冉飞云，自己这颗心也越来越阴沉了。

“彩笔新题断肠句”——断肠的词句当然不是这一回才写的，因为想念她，早已写过不少断肠之句；本来打算再也不写了，谁知道如今拿起笔来，还是要写这些使人断肠的句子。

假如谁要问我：这种相思的苦闷到底如何……

那么，打些个比喻吧：请看“一川烟草”，它是怎样的连绵弥漫，无边无际地生长；请看“满城风絮”，它是怎样的蒙蒙一片，遮天盖地；也请看黄梅时节的雨，它是怎样的日夜飘洒，无休无止吧！

这些都是暮春时节的眼前景色，拿来和作者此时的愁情作比，真是形象丰富，穷情尽致，使人有难以超越的惊叹。我们知道，古来形容愁情的诗句，有南齐谢朓的“大江流日夜，客心悲未央”，有唐代诗人杜甫的“忧端齐终南，澒洞不可掇”，有杜牧的“楚岸柳何穷，别愁纷若絮”，有李颀的“请量东海水，看取浅深愁”，有冯延巳的“撩乱春愁如柳絮，悠悠梦里无寻处”，也有南唐李后主的“问君能有几多愁，恰似一江春水向东流”，以及欧阳修的“离愁渐远渐无穷，迢迢不断如春水”，都是脍炙人口的名句。贺铸却能在他们之外，别树一帜，独铸新词，那力量真是不容小视的。

这最后三句，技巧上前人称为勾勒。它不是一般的重叠，而是有目的的加厚。正如画家描绘山水，“有连皴数层而取深厚者，有重叠焦擦以取秋苍者”，似重叠而实不重叠。试看，“一川烟草”，已是一层，“满城风絮”，又是一层，“梅子黄时雨”，又更进一层。形象步步进展，步步丰满，感人的力量也就不断加深加厚。此词所取得的成功确实不是偶然的。

关于这首词的写作年代，据苏东坡《青玉案》（“和贺方回韵送伯固归吴中故居”），写于元祐七年壬申（1092），是年东坡五十五岁，贺铸四十岁。则贺词应是四十岁或更前所作。曾有人说它作于晚年，看来是不对的。

①蘅皋——长着香草的郊野。

万俟咏

字雅言，号词隐。崇宁中充大晟府制撰，有《大声集》，不传。

诉衷情

一鞭清晓喜还家，宿醉困流霞[1]。夜来[2]小雨新霁，双燕舞风斜。

山不尽，水无涯，望中赊。送春滋味，念远情怀，分付[3]杨花。

[1]流霞——酒。

[2]夜来——这里是指昨夜。

[3]分付——意为交付，发付，发落。

万俟（mò qí）咏这首词，《唐宋诸贤绝妙词选》题作“送春”，大抵是因为看见词中有“送春滋味”四字吧。但其实是错会的。这首词的内容完全不是写什么送春，它乃是描绘还家之喜。因为是写在即将到达家门之前，词中并无伤感，相反是洋溢着一团喜气。

一开头作者就点明题旨。那是一个早晨，他骑着一匹马儿，直向家乡的路上进发。这时，离家已经不远，甚至自己家门前那一列树林都隐约可见，他心里那阵子高兴就越发按捺不住了。

昨天晚上，他宿在最后一程的驿馆里，想到第二天就可以到达家门，不禁兴致勃勃，一个劲儿喝酒，不知不觉喝多了。今天一早起来赶路，宿酒还没全消，坐在马上还有点儿头脑昏沉。可是心里痛快。他睁开带着余醉的眼睛，瞧这四下里的风光。原来下过一场小小的夜雨，赶天亮以前恰好停住。在一阵阵清凉的晨风之中，一双小燕儿上下飞舞，转眼间，便斜斜掠过马头，互相追赶着去了。

这当然不是意在送春。我们倒是可以通过这几句简单的描写，体味到作者流露在语言之外的一团喜气。他是带着惬意的心情去欣赏眼前景物的。“小雨新霁”“双燕舞风”，仿佛都是有意为他增添喜气。

下片是情中带景。

“山不尽，水无涯，望中赊”——他如今回过头去看那已经走过来的长途。那是无穷无尽的山峦，一山又一山，连绵不绝，总算也走过来了；还有那浩阔无边的河水，滔滔汩汩，伸向天外。那山程水驿真是悠长得很啊！

他在这儿下了一个“赊”字，是什么意思呢？“赊”是诗词里常见的词儿。张相《诗词曲语辞汇释》说它有相反的两义。一是有余，一是不足。由有余可以引申为远、长、空阔，多、宽等，由不足又可以引申为渺茫、短少、消、疏等。此词的“赊”是作为长远解的。因为万俟咏在返家的旅程中，已经走了很长的一段路，所以才说“望中赊”。

“送春滋味，念远情怀，分付杨花”——他想到马上就可以回到家里。回家以后，同妻子儿女一块儿团聚，从此，既不须再尝那种年年客中送春的凄凉滋味，而家中的妻子也完全可以放下那思念远人的愁怀了。

想到这儿，这位词人禁不住向蒙蒙扑面的柳絮开起玩笑来。他俏皮地向它们说道：“如今送春也罢，念远也罢，那难堪的滋味，那伤感的情怀，统统都交给你杨花去发落了！对不起，咱们再见！”

这样来描写还家途中的喜悦心情，不是比绘声绘影还更要生动逼真吗！

作品的风格是轻快的，遣词用字又轻清圆脆，恰好和作者此时的心情相应。

叶梦得

1077—1148年，字少蕴，苏州吴县人，绍圣四年（1097）进士，累官中书舍人、翰林学士、吏部尚书。高宗朝，除尚书右丞、江东安抚使，兼知建康府行宫留守。晚号石林居士。有《石林集》。

八声甘州（寿阳楼八公山作）

故都[1]迷岸草，望长淮[2]依然绕孤城[3]。想乌衣[4]年少，芝兰[5]秀发，戈戟云横。坐看骄兵南渡，沸浪骇奔鲸。转眄东流水，一顾功成[6]。

千岁八公山下，尚断崖草木，遥拥峥嵘[7]。漫云涛吞吐，无处问豪英。信劳生空成今古，笑我来何事怆遗情？东山老，可堪岁晚，独听桓筝！

[1]故都——北宋都城汴京。作者写此词时，汴京已残破，所以用“故”字。

[2]长淮——淮河。当时宋、金以淮河为界。

[3]孤城——指寿阳城。

[4]乌衣——东晋时贵族王、谢两姓多住在南京乌衣巷，因称他们的子弟为乌衣年少。

[5]芝兰——《晋书·谢玄传》：“（谢）安尝曰：子弟亦何与人事，而政欲使其佳？玄答曰：譬如芝兰玉树，欲使其生于庭阶耳。”

[6]东晋初年，北方氐族奴隶主苻坚率九十余万大军，沿淮水南下，企图一举灭亡东晋。东晋大臣谢安派将军谢玄、谢石领兵八万迎战，在淝水大败敌军，史称“淝水之战”。

[7]峥嵘——山势险峻貌。

苏轼在词坛中开辟了一个豪放的境界，在北宋晚年，已经有晁补之、贺铸等人尝试着效法，可是在词坛的影响还不很大。只有到了金人南侵，铁蹄战火震撼南北，使许多士大夫的心理产生了巨大变化，于是苏派的词风随着时代的激变而高扬起来，叶梦得、张元干等词人在南宋初期便以豪荡激越的笔墨写下了与时代气息相通的篇章，并为此后辛弃疾、陈亮、刘过等词人开辟更广阔的路子。

叶梦得在南宋初年，是掌管东南数路财政的重要人物，面对金人侵略，他隐然以东晋的谢安自命，是颇为自负的。他在词中常自称为“东山老”（谢安曾隐居东山）。他也确实有点经济长才，为朝廷所倚重。最后出任福建安抚使，因年老退休。

叶梦得的词，风格颇近苏轼。虽然不及苏轼才气横溢，但也没有苏轼那种掩抑不住的颓唐。正像一个善于理财的人，别人只见他手段阔绰，排场不小，疑心他会闹亏空。其实他算盘很精，决不任意挥霍。叶梦得的豪放正是有这个特点，在豪放中时时计算到要掌握分寸，避免一放难收。但也正因为如此，就缺乏真正动人的宏大气魄和纵横跌宕的壮阔波澜，从而感人之力顿减。

这首词题为“寿阳楼八公山作”，是作者在著名的历史战场——淝水附近八公山前（今安徽淮南市），怀古感今写下来的。

东晋当年的情况，同南宋初年颇有相似之处。人们面对女真族的侵略，很容易想到历史上的淝水之战，并用这个著名的以少胜多、以弱胜强的事例来鼓舞士气民心。词的上片便含有这种用意。作者一开头用“故都迷岸草”五字领起，所谓身在淮南，眼注汴京，立足点便已很高。第二句落入眼前现景，“依然”二字，句中见眼，照顾古今，手法也很老辣。

“故都”之所以是指汴京，因为作者此时是立足在八公山前，八公山西北遥望便是汴京。作者追想当年苻坚大举侵犯东晋，而东晋政权是在八公山一带抗击苻坚大军的。所以很自然也想到隔着淮河的金兵，从而引起对汴京残破的叹息了①。

下去便是追忆淝水之战。“乌衣少年”指谢玄、谢石（当年打败苻秦侵略军的少年将领）；“芝兰秀发”指江东子弟兵作战精神昂扬；“坐看”是以逸待劳。“骄兵”指苻秦侵略军，“骇奔鲸”说他们来势汹汹。当年淝水两岸战争形势，用这五句话加以概括，也简练，也有气魄。而东晋这场大捷，则用“转眄东流水，一顾功成”九个字收拾干净。

从上片我们已经可以看到叶梦得风格的一斑。那就是豪放得相当稳健，下字颇有斟酌，正如他的善于理财。

下片转入感今。

“千岁八公山下，尚断崖草木，遥拥峥嵘”——句中暗藏当年苻坚与晋军接战时，“望八公山上草木，皆以为晋兵”的故事，以带出此地形势的险要。是以古照今的写法。

“漫云涛吞吐，无处问豪英”——也是借古感今。山川形势依旧，可是历史人物已成过去；如今，是不是还有这样的以弱胜强的豪杰呢？“云涛吞吐”四字，显然由苏轼的“大江东去，浪淘尽千古风流人物”这话化用过来。

“信劳生空成今古，笑我来何事怆遗情”——表面上看，好像忽然旷达起来：今古人生不过是那么一回事，我何必在这儿吊古伤今呢？其实骨子里有话。这里的所谓“怆遗情”，指的是下面提到的一个谢安的故事。

谢安晚年，因为位高望重，加上小人播弄是非，同孝武帝司马曜发生了一些摩擦。有一次，孝武帝请谢安和桓伊等人喝酒。酒席中间，孝武帝叫桓伊吹笛子，因为一向知道他精通音乐。桓伊奉命吹了一曲，然后说，我弹筝比吹笛还要拿手。于是一边弹筝，一边唱出了曹植的一首乐府诗：“为君既不易，为臣良独难。忠信事不显，乃有见疑患……”[2]谢安听了，感动得泣下沾襟，孝武帝也很惭愧。

这是个君臣之间不容易善始善终的故事。叶梦得词的末尾：“东山老，可堪岁晚，独听桓筝”，指的便是这个“遗情”。显然，他写这首词的时候，已经离开中枢政府，所以“桓筝”只能独听了。这到底是惋惜自己不能在皇帝身边，还是君臣之间发生了什么问题？我们现在已经不很清楚。因为作者在豪放之中还保持了稳健。同辛弃疾的“蛾眉曾有人妒，千金纵买相如赋，脉脉此情谁诉”的写法，又不完全相同。

以苏、辛为代表的豪放派的词，苏的飘逸，辛的沉挚，都是各擅胜场；但也正因如此，要走这一派的路实在并不容易讨好（虽说这一派不限于这两种风格）。像叶梦得此词就只是得个稳健，而且还嫌它过分的稳健，意思是表达了，却未能给人多少艺术上的回味，总使人觉得不满足。这种毛病，在学豪放一路的词人中，恐怕是不少人会犯的。因为既有才力的限制，又有识力的限制，才识较差的人，难免陷入四平八稳之中，于是豪放的本色大减，反而给人以指摘的借口了。

豪放派的词，易学而难工。有人因其易学而走这一条路，其结果往往不是陷于平浅，便是陷于庸钝，比四平八稳还要更逊一筹。要走豪放一路的作者，是不能不认真注意的。

①一说“故都”指寿春，寿春曾是楚国国都。

②题为《怨歌行》，有些古书如《乐府解题》等认为是古辞，另外有些书如《艺文类聚》等则说是曹植所作。

陈克

1081—1137年，字子高，临海（今属浙江）人，侨寓金陵。有《天台集》，不传。今存《赤城词》。

菩萨蛮

赤栏桥尽香街直，笼街细柳娇无力。金碧上青空，花晴帘影红。

黄衫飞白马，日日青楼下。醉眼不逢人，午香吹暗尘。

那是一座繁华城市里的一角；河上横起一道桥面宽阔、两旁护着朱红栏杆的木桥，桥的尽头是一条笔直的长街，两旁满种杨柳，把街都笼罩住了。那绿油油的枝条随风飘摆，颇有弱不禁风的样子。人走在街上，隐约可以嗅到各种香气，有花香、草香，还有从人的衣鬓上飘过来的脂粉香，以及从房栊里透出来的炉香。

街两旁都是些精致的房子，朱帘翠幕，装饰得五彩缤纷，金碧射目。一片令人神迷的建筑，再衬上一个晴朗的蓝天，越显得它的精巧富丽。

这里是达官贵人常来走动的地方，也是他们的公子哥儿常来走动的地方。就在那些迷人的建筑物里面，住着名种各样的歌伎舞女，她们是官僚们和公子们寻欢取乐的对象。

作者就是通过赤栏桥、香街、细柳、楼台和花草、晴空和帘影的巧妙安排，把这纸醉金迷的一角渲染得艳而又冶，使人想象当年这个“狭斜之地”竟是如此富于魅力。

下片便突出一个少年公子来。此人身披黄衫，驰着白马，满脸得意扬扬的神气，是这儿一带的熟客了。人人都认识他，因为他天天都到这里来“上课”的。

我们注意到作者的点睛之笔，全在“醉眼不逢人”五字。这位气焰熏天的少爷，平时眼睛就已经长在头顶上，何况还加上七分酒意。他放开辔头，让那匹高头大白马横冲直闯，拿过路人来寻开心。直吓得老的少的鸡飞狗跳，闪躲不迭。就连平日和他厮混的一伙迎头碰上他，他也全像看不见，一径地翻起那双酒色过度失神僵白的眼睛，冲过人丛，只留下马蹄扬起的冲天尘土。

真是一幅绝妙的人物写生。那公子哥儿的气派、性格都活画出来了。

这得力于作者驱使辞藻的本领。他下字很有斟酌，也很有分寸，精练准确，兼而有之。不妨看看下面这三句：

“笼街细柳娇无力”——说的不过是杨柳，却既用“细”字写它的姿态，又用“笼街”写它的繁密，还添上“娇”字，补上“无力”二字，于是花街柳巷的特殊环境就富于形象地逗露出来了。

“花晴帘影红”——“红”字放在这里真是精光四射。人们通过它可以看到，花是红的，帘是红的，连晴天的气氛也是红的，甚至花影、帘影都是红的。因为花在晴光底下的红，增强了帘的红，花红和帘红映得影子也红，这一片红又使得晴天也带上红的色彩。真好像是一具激光装置，由于红的反射、震荡、激发，使它的能量以惊人的倍数增加了。这才是深得“花面交相映”的妙用。有了这五个字，连同那些个“上青空”的金碧楼台也更加绚丽了。

“午香吹暗尘”——写的是那少爷飞马过处，街上荡起一股香气。这香是花香还是衣香？恐怕都有。“香”前先下了“午”字，点出那是中午时分，于是前面的“青空”“花晴”“帘影”都因之带上一层热烘烘的色彩。再下了“暗尘”，则不但加强了“香”的力量，又同“飞马”产生呼应。中间那个“吹”字，是“暗尘”送来了香，还是香给“暗尘”添上了特殊的内容，那就不妨请读者自己去体会了。

写景不难于绚丽，而难于显出生命的活泼；写人不难于形貌，而难于透出神情的毕肖。陈克这首词两者都能够“举重若轻”，它能获得人们的喜爱当然不是偶然的。

徽宗赵佶

1082—1135年，神宗第十一子，1101年继位，在位廿五年。1127年为金人所掳，后卒于五国城。他以诗、词、画闻名，又通音律。有《宋徽宗词》。

宴山亭（北行见杏花）

裁剪冰绡，轻叠数重，淡著胭脂匀注。新样靓妆，艳溢香融，羞杀蕊珠宫女。易得凋零，更多少无情风雨！愁苦，问院落凄凉，几番春暮？

凭寄离恨重重，这双燕何曾、会人言语？天遥地远，万水千山，知他故宫何处？怎不思量，除梦里有时曾去。无据，和梦也新来不做！

中国北方的女真族于1125年（宋徽宗宣和七年）大举侵宋，到1127年（宋钦宗靖康二年）攻陷汴京（今河南开封市），把徽宗、钦宗连同一大群皇子皇孙、妃嫔宫女全都俘虏了押送北方。这就是岳飞《满江红》指出的“靖康耻”。

1135年（宋高宗绍兴五年），徽宗死于五国城（今吉林宁安县附近）[①]，前后一共过了九年的俘虏生活。

徽宗赵佶（jí）这个人，谁都知道是“昏庸得可以”，不必多谈。但历史上有些事情确是不知怎么阴差阳错造成的。他是神宗皇帝第十一子，他哥哥哲宗赵煦十岁登位，他封为端王；哲宗在位十五年，死了，赵佶仅仅才二十岁；由于皇太后的坚持，这个被章惇称为“轻佻不可以君天下”的“御弟”，就被人捧上御座，成为北宋王朝第八位天子了。他在位的二十五年间，别的不说，单是为了他个人的享乐，就耗费了不知多少民膏民脂，终于在他手里葬送了赵家一百六十多年的天下。一个王朝的更迭本是常事，但由于金人的侵略引起中原地区的人民死亡和生产破坏，却不是容易用数字计算得出来的。

在历史上，宋徽宗是不能逃避谴责的，但我们不想多说题外的话，只能打住。

这首《宴山亭》（一作《燕山亭》），据宋人《朝野遗记》说是徽宗的绝笔，也就是最后一首作品。我们从词里的描述，也可以看出是被囚了几年之后写的，而题目里的“北行”，不过是当上了俘虏的修饰代词，并非在北行途中的意思。

杏花，有人说是徽宗自比身世。看来似乎有这种意思，可又不能逐句一一比附，因为其中有些句子是只咏杏花，而有些句子却又有意无意之间比拟了自己，所以不好死看。

词的开头是只咏杏花。

杏花本来是大自然里的杰作，这位皇帝却把它人工化了。他说，好像谁运用了一双巧手，把洁白的丝绸裁成花样，叠做几层，然后淡淡匀上胭脂，于是枝头上就绽开了千万朵杏花。唐人贺知章咏柳诗“不知细叶谁裁出，二月春风似剪刀。”是这几句的本祖，不过一个写的是柳叶，一个写的是杏花罢了。

第二韵再把杏花比作美女。“新样靓妆，艳溢香融”，说它打扮是十分时髦的，洋溢着艳冶，融合着芳香。“羞杀蕊珠宫女”，道家传说天上有一座蕊珠宫，杏花的娇艳使蕊珠宫里的仙女都感到了自愧不如。这是加重一笔，把杏花的艳丽再勾勒一番。

下面是一个转折：“易得凋零，更多少无情风雨”。就在它开得无比娇艳的时候，却不料接二连三地来了无情的风雨。本来已是娇嫩的弱质，哪里经得起无限的摧残呵！于是，它一下子就凋零残败，在枝头上显得憔悴不堪。

“愁苦”，既是杏花的，也是爱惜杏花的人的感受。“问院落凄凉，几番春暮”，既是杏花的处境，而又是爱惜杏花的人的叹惜。院子里一片凄凉的气氛，试问它已经度过了几回晚春天气？

以上两韵，依然是写杏花，但同时又带着写人。花有人的影子，而人又像是可怜的花。到底是花还是人？似乎已经搅浑在一起了。因为，从作者当时的处境和心情来说，他不可能单纯地、客观地去描写杏花而不带上个人身世的感慨的。

下片便转入了个人漂泊的哀怨。

诗里是有所谓托物寄兴的，也有借物喻人的手法，有时这两者又交互运用，既是寄兴，又是喻人。徽宗这首词先是写杏花，跟着花和人两面夹写；再一转下去，就直抒个人的身世之感。

“凭寄离恨重重，这双燕何曾、会人言语”——这位道君皇帝（他原是信奉道教的）远离自己生活和享乐的地方；可他还在想念那个地方。他看到燕子又飞来了。在囚徒的生活中，他曾经向燕子发问，可燕子并没有听懂他说什么；他经过多次尝试都失败了。如今，他对这一双檐间燕子，显然已经失掉了希望。他心里涌起的是绝望的感觉：“本来我是要委托燕子把我的许多离恨带回南方去，可是燕儿却怎么也听不懂我说的话。”

“天遥地远，万水千山，知他故宫何处”——便算它们懂得我说的话，它们怕也办不了这桩大事吧：隔开了万水千山，天遥地远的，它们能够知道我那故宫在什么地方吗？（其实，故宫早已落入敌人手中，他不是不知道的。然而汴京的故宫又曾是他安享生活过二十多年的地方，他怎么不日夕思恋呵！）

“怎不思量，除梦里有时曾去”——放不下对故宫的思量，可又连燕子也帮不了忙，剩下来只有偶然在梦里回去一趟了。

然而，“无据，和梦也新来不做”。梦境自然不是实在的，它本来就是不可靠的；可如今就连做个好梦也难了。新近来一些时候，连回到故宫徘徊一晌的梦儿也没一个了！

这真是悚人心魄的悲凉。那哀怨之深，使人不忍卒读。

显然，他开头时还抱着也许能够回到南方的希望，所以好梦还是时时出现的；可是经过几年之后，南方总是音信杳然。无论是战是和，自己回去的想望是幻灭了。

同样是亡国之君，李后主是明知自己没有复国的希望，所以在真实的王国已经不再存在的时候，他还能留恋在梦境里，还唱着“梦里不知身是客，一晌贪欢”。他能保留一个幻境，让自己在那儿自乐一番。宋徽宗却不是这样。他开头总以为淮水以南还是自己的朝廷，胜负也还未有最后决定，南边的君臣总会给自己想些办法，在某种条件底下让自己能够回去；不料这希望却逐步走向幻灭，终于，他连梦境中的一晌欢乐也保持不住了——毋怪乎说这是他的绝笔。

一阕亡国哀音，结束了北宋王朝一百六十七年的历史。这哀音是令人惨然不欢的；然而，也使人认识到：历史毕竟是冷酷无情的！

①五国城相当于现在何地，有几种不同说法。这里不作考证，只取其中一说。

李清照

1084—约1155年，号易安居士，齐州（今属山东济南）人，赵明诚之妻。约卒于绍兴年间，有《漱玉词》。

念奴娇

萧条庭院，又斜风细雨，重门须闭。宠柳娇花寒食近，种种恼人天气。险韵诗成，扶头酒醒，别是闲滋味。征鸿过尽，万千心事难寄。

楼上几日春寒，帘垂四面，玉栏干慵倚。被冷香销新梦觉，不许愁人不起。清露晨流，新桐初引，多少游春意！日高烟敛，更看今日晴未？

北宋末年，词坛上众星罗列，光辉灿烂。此时却忽如天上出现了光华夺目的织女星座：济南人李清照——著名的金石家赵明诚的妻子，以她惊人的才华，高步词坛，雄视侪辈，成为我国有史以来最卓越的女词人。

李清照不但在创作方面具有独特的风格，又是词坛上最早一个词评家。她熟悉音律，掌握高度的艺术技巧，高视阔步，目无余子，简直不把欧、晏、苏、黄等人放在眼下，但因此也得罪了不少人，当时便有人掇拾她"改嫁"的事，加以讥讽攻击。宋代的道学家本来就瞧不起妇女，强调"三从四德""夫为妻纲"，不料李清照却是个在言论和行动上都不受这种羁勒的人，道学家自然把她看作眼中之钉，再嫁一事，竟成了她的一条罪案。

李清照的创作，以曲折细腻见长，能把一些非常纤细的事物或感情，通过高妙的艺术手法加以再现，不但使以豪放见长的词人望尘莫及，便是一般婉约为宗的作手，也相形见绌。有人称赞她的"宠柳娇花""绿肥红瘦"，也有人赏识她的"帘卷西风，人比黄花瘦"。这些固然都是警策的句子，标举出来，未尝不可以看出作者的功力，但还不能说是李清照的最大特色。她的最大特色，乃是开辟了词坛中的"微观世界"。她能从极微细处写出人物，传出感情，文心之细，是前人所未曾到过的，也是后人不容易学步的。我们如果不从这方面去观察李清照，仅仅欣赏她那些警句，实在远不足以理解这位历史上享誉最高的女词人。

不妨先看看下面这首短短的《诉衷情》：

夜来沉醉卸妆迟，梅萼插残枝。酒醒熏破春睡，梦远不成归。

人悄悄，月依依，翠帘垂。更挼残蕊，更捻余香，更得些时。

此词写的只是这样一件小而又小的事：

这天晚上，她喝了不少酒，醉得厉害。回到卧室卸妆的时候，夜已经深了。她自己固然醉意醺醺，侍女也是一时大意，把她插鬓的一枝梅花给忘了，没有卸下来。到得她酒意渐退，已经是下半夜。在朦胧中，只闻到一阵阵强烈的香气。这香气弄得她很不舒服，不久竟醒过来了，而且再也睡不着。她心里恨这股香，因为刚才恰巧做了一个好梦，看见丈夫从远地归来，蓦然聚首，彼此都十分高兴，不想一句话还没出口，一阵香气冲破了好梦，变成个“好梦不成归”了。

醒过来不打紧，却勾起了强烈的念远的情怀，睡意早就跑得无踪无影，闲愁却缠绕不开。真是没有办法呵！她只好披衣起床。这时天还没亮，四面静悄悄的，窗前翠帘低垂，只有那孤零零的月亮，透过天窗，把柔和的清光洒进屋子里。

到底哪儿来的阵阵香气？她向床上翻了翻，却发现一枝压着的残花，那正是自己鬓上插的，这才明白过来了。

把花枝拿在手里，她又出了神（刚才的梦境还盘绕在她的眼前），她下意识地一瓣一瓣撕下花枝上的残蕊，慢慢一点一点地把花瓣捻碎，这样来一分一秒地打发这伤情的忆人的残夜……

整首词写的就是这些。你看，事情有多么琐屑，而写来却多么细腻，表达的人物感情又何其曲折幽深，耐人寻味。

不知道这首小词是不是为了寄给她丈夫的。可以想象，假如赵明诚读了它，决不会不受感动的。妻子这一缕细微委婉的柔情，难道会比"帘卷西风，人比黄花瘦"更逊色吗？

从古以来，不知多少男子汉写过闺情诗或闺怨诗，其中当然不少还是写得好的；可是，曾有哪个进入如此纤微幽隐的境界？我以为是没有的。

所以说李清照在词坛上开创了一个"微观世界"，恐怕不会说得过分。

现在，让我们再来看看她这首《念奴娇》：

这首词只有一个词牌，没有题目。它写的内容是什么？乍看是不明白的，须得下工夫仔细找一找[①]。

从表面看，此词描写的是一场春雨。既是写春雨，我们就不妨拿它同南宋词人史达祖的咏春雨名作《绮罗香》对照一下，看看两者之间的异同之处。

史达祖的《绮罗香》，基本上是属于咏物性质，手法是从正面着笔，客观抒述，渗入作者个人的感情较少；李清照这首《念奴娇》却不同，运用的是从旁烘托的手法，透过人物的行动和心理变化，既写了一场漫长的春雨，更写出人物的精神状态，它是纯然属于抒情的。

那么，李清照在词里到底要表达什么样的感情呢？细读之下，我们便可以体味出来：那是晚春时节，连日下着无休无止的雨，天气又潮又闷，就像囚禁似地，人老待在家里。加上丈夫离家日久，闺中孤寂，平日已是无聊，如今就越发感到那无聊的重压了。词中下了“别是闲滋味”五个字，恰好从正面点出了题旨。

我们且按韵分段，逐段加以分析。

“萧条庭院，又斜风细雨，重门须闭”——先写环境，然后由环境引出风雨，再由风雨又回顾环境，真有电影蒙太奇的手法。你看，那是个小小宅院，平时已经是冷冷落落的，里面住的人，男的出外去了，只剩下女主人和几个侍女，在斜风细雨之中，门庭更显得冷落不堪。这就只好把几重门户都关闭起来。

这一韵是先把环境和气氛带出，让人知道是这么一个庭院，又是这么一种天气。

“宠柳娇花寒食近，种种恼人天气”——原来这不是潇潇的秋风秋雨，时令却是在寒食节之前（寒食节是从上年冬至后计一百零五日，常同清明节连在一起）。这本来是个好季节，人们每年都要举行盛大的游春会，到水边郊外去热闹一番。如今，外面的园林亭榭，想必到处长着繁花嫩柳，准备人们玩赏了。不料老天爷却有意跟人闹别扭，偏生就在这个时候又是刮风，又是下雨，总不肯停下来，可真把人烦死了。

“宠柳娇花”，是受到春天宠爱的柳和因受宠而更娇的花。这四个字一向受到称赞，认为是形容得好的。

“种种恼人天气”：不是风，就是雨，既是可恼；像放晴，却不曾晴，又是可恼；本来是游春季节，却硬把人拦住，就更可恼了；何况风雨还会拦阻着出门的丈夫的归程呢！

“险韵诗成，扶头酒醒，别是闲滋味”——从这一韵开始，就一步步突出写人，写人的感情，写感情的发展和变化。这位闺中少妇闷在屋子里显然已经不止一两天了，觉得日子越来越不好打发，人也越来越闲得发慌。怎么办？总得找点事情消遣消遣才好呵！她想啊想的，终于想到，写几首险韵诗是消磨时光的好办法。

什么叫险韵诗？我们知道，诗是讲押韵的，近体诗只能押同韵部的字，不许换韵。有些韵部字数多，称为宽韵，支、先、阳、庚之类；有些韵部字数少，称为窄韵，像微、文、覃、盐之类；此外还有称为险韵的，像江、佳、肴、咸，字数既少，又不容易押好，写诗时选这几个韵，非得多花点心思不可。还有，自己在宽韵的韵部里故意挑几个难字当韵脚写诗，也算是用险韵。李清照如今就是由于要消磨时间，才故意选险韵用的。

可是，连险韵诗也写好了，一看天色，却还早哩。没有办法，只好再喝两杯闷酒，让头脑暂时麻木一下。

“扶头酒”看来不是什么名酒，也不是一种酒的名字。杜牧《醉题五绝》诗：“醉头扶不起，三丈日还高。”姚合《答友人招游》诗：“赌棋招敌手，沽酒自扶头。”大抵酒性烈了，喝下去头就有点沉，所以叫“扶头”吧。

不料连这种扶头酒也不能解决问题，不久就醒过来了，天还亮着，看来连云里的太阳也是够懒洋洋的。这种闲得没完没了的时光，简直不知道该怎么打发才好。

“征鸿过尽，万千心事难寄”——这一回却想到正题上面了。既然生活这样寂寞，这寂寞又是离别造成的，那么，向远地丈夫诉说近日的心事，不是也可以驱除心头的沉闷么！她真的拿起笔来写了。不料写好又涂掉，涂掉又再写，再写还是写不下去。也不知道到底为什么，只觉得心头上有千言万语，纸面上却一字难成。终于是把笔丢下算了。

这一韵很重要，因为它向读者交代一个情节：她的丈夫正在离家远行，她的种种闲愁都是由此而起的。

于是进入下片。

“楼上几日春寒，帘垂四面，玉栏干慵倚”——为什么她要倚栏？倚栏是为了盼望夫婿归来。盼望并不是近来才出现的，早就如此了；可是由于连日春寒侵袭，加上连绵春雨，帘子四面拉了下来，连倚栏也受到影响，这也就更加增添闺中人的苦恼。我们读过史达祖的《绮罗香》（咏春雨），其中说：“沉沉江上望极，还被春潮晚急，难寻官渡。隐约遥峰，和泪谢娘眉妩。”便知道春雨是很妨碍游子归程的。这里的“玉栏干慵倚”，多少也是因为知道倚栏是无用的吧。

本来下片的起韵也叫换头，既然叫做换头，自然可以另起新意，或荡开去说。如今李清照却有意安排得与上文欲断还连。可见这位女词人运用的艺术手法是很有讲究的。

“被冷香销新梦觉，不许愁人不起”——还是闲得没有办法，连想赖在床上多睡它一会儿也办不到。因为被子是冷的，熏的香气也消散了，好梦更无从继续，不起来又怎么样呢？这自然是第二天早晨的事。时间总算暗暗在流转。

“清露晨流，新桐初引，多少游春意”——原来第二天早上外面的光景竟然和昨天有很大不同。你试掀开帘子看看庭院里的景色吧！多美好的春之晨呵！露珠儿在叶子上，在花心里，聚拢成一团一簇，然后又一滴一滴往下淌，弄得地下的泥土都汪上一摊水了。再往树上看，原来梧桐树到处茁出了新芽，树梢顶上的枝条好像一下子长高了许多。这景象，引起人们多强烈的游春念头呵！

“清露晨流”两句，原是从刘义庆的《世说新语·赏誉》里引过来的，却又颇得词评家的称赏，认为用得恰切，确是词里的俊语。这八个字，恰好能透出一种新鲜的气氛，暗示天气开始向好的方面转变了。

“日高烟敛，更看今日晴未”——她凝神望着眼前的景色，陡然觉得非常高兴了。烟雾正在一点一点地消散，起得很高的太阳偶尔从云缝中探出半面来，于是满院子忽然充满了日影，有点放晴的味儿了！这是多少天来没有过的呵！

于是她索性站着不走，像监视似的瞧着这薄薄的烟雾，淡淡的日影；瞧着这初引的新桐以及滴沥的晨露……她要看看今天是不是真的会晴朗起来。

以上，曲曲折折，反反复复，就是整首词所要描写的人物的行动及其幽隐的心理。你看它一层一转，一转一深，把少妇在此景此情中的心理及其变化刻画得多么细腻，多么真切。这种闺阁笔墨，岂能是心粗气浮的男子汉所能够描摹得出的！

我们又不妨拿这首词同她的另一首名作《永遇乐》对照一下。《永遇乐》是李清照晚年写的。那时，她已经是老太婆了，明明有好玩去处，也不想走动；然而这首《念奴娇》却充分反映了一个少妇的青春跃动。两相比较，情调是迥然不同的。

①有些词集如《花草新编》《古今词统》《林下词选》等题作“春情”，《彤管遗编》等题作“春日闺情”。都是后人加上的。但即使加上了，对整首词的理解也帮不了多少忙。

如梦令

昨夜雨疏风骤，浓睡不消残酒。试问卷帘人，却道海棠依旧。知否？知否？应是绿肥红瘦！

这首词有些选本或题作“春晓”（《古今词选》），或题作“春晚”（《草堂诗余》等），或题作“暮春”（《彤管遗编》），反正是随便安个题目，在选者的心目中，也许以为这可以方便读者，却不知道是一种画蛇添足，甚至把作者的原意都弄得浅薄简单了。

也有人只欣赏它的“绿肥红瘦”，不过是标题警语而已，对读者仍然没有多大帮助。

至于说它表达出作者惜花的心情，也是肤浅的。

倒是清人黄了翁说得较为中肯：“一问极有情，答以依旧，答得极淡，跌出‘知否’二句来。而‘绿肥红瘦’，无限凄婉，却又妙在含蓄。短幅中藏无数曲折，自是圣于词者。”（《蓼园词选》中评语）大致如此，但是还要作进一步的探索。

我以为词中表达的无限凄婉，不是没有原由的。这原由就是因伤别而惜春，又因惜春而更伤别，两种情绪紧紧扣在一起。不过表露得很含蓄就是了。

试作一些疏解。

“昨夜雨疏风骤，浓睡不消残酒”——初看只是闺中少妇早晨醒来以后，酒意未消，脑子里还留下昨夜雨声风势的印象；细味之下，却分明还有含蓄未说的一番语言。暮春时节，伤离的少妇在“雨疏风骤”中分外容易引起念远的情怀，借酒消愁，不觉就喝多了。如今一觉醒来，酒意还未全消，离情却如残酒仍然压在心上。这是她“欲说还休”的心事，隐隐约约，教人家捉摸不着，却可以意会得来。秦观的

《满庭芳》有两句颇近此意："漫道愁须殢酒，酒未醒，愁已先回。"不过李清照却把这层深意化得更开，便更似不着痕迹罢了。通过这两句，闺中生活的寂寞，闺人心情的苦闷，便已轻轻烘托出来了。

于是，下文便带出少妇和卷帘人（一个小丫头）的一问一答。

回忆昨夜的雨疏风骤，她忽然记起窗外的海棠。来不及披衣起床，就先向卷帘人追问。因为这小丫头正在拉起帘子，一眼就能够看到阶前的景象。不料得到的却是漫不经心的回答："海棠花？还不是跟昨天一样！"

她这样关心海棠，显然自有缘由，但小丫头哪里懂得女主人的用意，冷淡地回了一句，不幸却加重了女主人的伤感。伤离的人，本来希望有人像她关心海棠那样同情自己，不料身边的侍女却木然无动于衷。

淡淡两句，显出不同人物不同的内心感情：闺中少妇说不出来的伤春伤别，小丫头的天真无邪，恍如双峰对峙，彼此不让。于是更进一步逼出了下文：

"知否？知否？应是绿肥红瘦！"——她这样来纠正对方。其实也不是真要去纠正，她不过自己回答自己罢了。

"绿肥红瘦"，是说经过一夜风雨，叶子长得更饱满，相反，花朵却比前憔悴了。作者用"肥""瘦"二字摹写花叶经历风雨之后的不同意态，是富于形象美的。不过它的真正用意却是透露自己隐约的心情。

思妇本来容易睹物思人，看见阶下的海棠，也会联想到自己，或者比拟着自己。这样她就把自己和海棠的命运联系起来。在一场骤风疏雨之中，给予她的又是青春易老的感触。自己这样，海棠何尝不是这样！这正是“试问卷帘人”的含蓄用意。她纠正侍女的回答，也并非出自主观臆测，而是拿花同人联系起来之后所下的判断。

“绿肥红瘦”四字，做到了人情物态的高度深化；虽也含有时序变迁、春色又减几分的感触，但仍侧重于“红瘦”，亦即人物此时此际的精神状态。

伊世珍《嫏嬛记》说：“易安结褵未久，明诚即负笈远游，易安殊不忍别。”他们夫妇的关系是很好的。在现存李清照的四十多首词里，送别和念远的作品占了不小的分量，而这首《如梦令》可以说是最含蓄的了。

永遇乐

落日熔金，暮云合璧，人在何处？染柳烟浓，吹梅笛怨，春意知几许？元宵佳节，融和天气，次第岂无风雨？来相召、香车宝马，谢他酒朋诗侣。

中州盛日，闺门多暇，记得偏重三五。铺翠冠儿，捻金雪柳，簇带争济楚。如今憔悴，风鬟霜鬓，怕见夜间出去。不如向帘儿底下，听人笑语。

李清照晚年同早年过着截然不同的生活。

她原来出身于仕宦之家。父亲李格非，宋神宗熙宁九年（1076年）进士，官至京东路提点刑狱，著有《礼记精义》及文集等数十卷。母亲王氏，也能文章。她自小就受到文学的熏陶，诗文修养很深。丈夫赵明诚是世家子弟，自幼爱好金石文字。二十岁以后，更有“尽天下古文奇字之志”，是个嗜古如狂的人。婚后夫妻生活相得，文史切磋，指事赌茶，真是清贵而又高雅。不料当她四十三岁时，突然来了一场“靖康之变”，中原随告沦陷，夫妻仓皇南奔，赵明诚又不幸在建康逝世。她的生活从此发生殊绝的变化，不但生平积蓄尽化云烟，而且只身飘零，毫无倚仗。过了几年，回到临安（今杭州），据说一度再嫁张汝舟，不久又离异。此后晚年常在临安，有人说她依弟以老。

这首《永遇乐》便是叙述作者晚年在临安的一段生活。它写在哪一年，已不可考，但是可以肯定，此时宋金双方都已暂停交战，南宋临时首都出现一片升平景象，在过节日子里，人们又可以热闹地玩乐了。此词写的不是她什么不幸遭遇，而是述说在元宵节日，她不愿与来邀的朋友到外间游玩，宁肯待在家里听听人家笑语。事情本来琐细，可是通过这样一些微细情节，却十分深沉地反映了作者在历尽沧桑以后的晚年的悲凉心境。

这首词一开头就设下三个疑问。从这三个设疑中，人们正可看出一个漂泊者的内心活动，它是从一颗饱受创伤的心灵发出的。

那天是元宵佳节，太阳刚好下山，和太阳正好相对的月亮就从东方升起来，它透出轻纱似的云霭，恍如一片浑圆的璧玉，晶莹可爱；西边低空，太阳却像是熔开了的金块，一步步沉落下去，景色真是美丽极了。人们都知道，这样晴朗的元宵，正是看灯的好机会，可以痛痛快快玩它一个晚上了。

可是，她却别有心事。看了这天色，突然涌出了“我如今是在什么地方呵”的询问。

这真是情怀惨淡的一问，是曾经在繁华世界度过多少个热闹元宵，而今却痛感“物是人非事事休”的沧桑之客的特有问号，更是带着她特有的孤身流落的情怀而发出的问号。

有人以为这“人”是指她丈夫赵明诚。细看不对。因为整首词都没有忆念丈夫的意思，这里孤立用一个“人”字去指丈夫，违反一般行文习惯，所以还是以指作者自己为确。

下面再写两景，点明春天。“染柳烟浓”，便透出暖和的春意。初春柳叶才刚出芽，因为天气较暖，傍晚雾气低笼，柳便似罩在浓烟之中。“吹梅笛怨”，此时梅花已开残了，听见外面有人吹起笛子，因想起古代羌笛有《梅花落》曲（李白《观胡人吹笛》诗：“十月吴山晓，《梅花》落敬亭。”又《与史郎中饮听黄鹤楼上吹笛》诗：“黄鹤楼中吹玉笛，江城五月落梅花。”）但由于自己心情忧郁，所以听起来笛声凄怨。虽然春色很浓，她心里却浮起又一个疑问：“这时节，到底有多少春意呵？”言下之意：不管有多少春意，自己还能去欣赏吗？这个疑问又恰好反映了她垂暮之年的心境，别人认为这正好是游玩的时光，她呢？却已不感兴趣了。

下面似是一邀一拒的对话："元宵佳节，融和天气"，是邀请她外出的人说的："难得的元宵节，还碰上难得的好天气，还是到外面玩玩吧！"可她是怎样回答的？"天气太暖了，暖得不正常，难道不会忽然来一场风雨吗？"（张相《诗词曲语辞汇释》："李清照《永遇乐》词：'次第岂无风雨。'言转眼恐有风雨也。"按，秦观《蝶恋花》："屈指艳阳都几许，可无时霎闲风雨？"李清照也用此意。）这是她推托的借口。这时候她的心情实在不便明说，只好临时拿这句似有理似无理的话来搪塞。然而这话又正好反映了她经历了国家和个人的巨劫之后，自此便怀着世事难料、横祸随来的疑惧心理了。

以上三个问号，确能真实地写出作者晚年的心境，同早年（例如反映在《念奴娇》里的那种受不了寂寞的心情相比，一动一静，非常鲜明。

于是她终于推辞了朋友们的殷勤邀请。

看来，"香车宝马"是如实写出这些朋友的身份。李清照晚年在杭州虽然生活贫困，但名气还是有的。例如绍兴十三年（1143）端午节，李清照还亲撰《端午帖子词》（一种向皇帝、皇后、夫人阁门祝贺节日的颂扬文字），并获金帛之赐，可见一斑。她的朋友，她称之为"酒朋诗侣"，她们并不粗俗；以"香车宝马"相迎，又知必是富贵人家的内眷。不过她终于谢绝了这番好意。

到了下片，换头是进一步说明自己不去玩赏的理由。

“中州盛日，闺门多暇，记得偏重三五”——“中州”原指河南省一带，这里专指北宋首都汴京（今开封市）；“三五”原指农历月的十五日。古诗“三五明月满”，可见自古就有这种说法。这里则专指正月十五元宵节。宋代不论官方民间，对元宵节都很重视，是一年一度的灯节。孟元老《东京梦华录》有一则专门介绍元宵的热闹情景，那种繁华盛大，凡是亲自参加过的人，都要留下极深刻的印象。宋人刘昌诗《芦蒲笔记》曾录下十五首《上元词》，其中一首写道：

忆得当年全盛时，人情物态自熙熙。

家家帘幕人归晚，处处楼台月上迟。

花市里，使人迷，州东无暇看州西。

都人只到收灯夜，已向樽前约上池。

李清照在汴京过了许多年元宵节，印象当然是抹不掉的；如今虽然老在临安，却还“忆得当年全盛时”，自己年纪还轻，兴致极好，“铺翠冠儿，捻金雪柳，簇带争济楚”，认真热闹过一番。

“铺翠冠儿”是嵌插着翠鸟羽毛的女式帽子，当时富贵人家流行这样的穿戴。“捻金雪柳”，是在雪柳（一种纸或绢制成花样的饰物）上加金线捻丝，端也是富贵人家才有的。“簇带”即插戴。“济楚”等于说整齐端丽。

她从记忆中又回到现实里来。今昔对比，禁不住心情又凄凉又生怯。

“风鬟雨鬓”四字原出唐人小说《柳毅传》，形容落难的龙女在风吹雨打之下头发纷披散乱。李清照在词里换了一个字，改为“风鬟霜鬓”，借此说明自己年纪老了，头上出现白发，加上又懒得打扮，因而也就“怕见夜间出去”。（怕见，张相《诗词曲语辞汇释》：“凡云怕见，犹云怕得或懒得也。”）

“不如向帘儿底下，听人笑语”——结束得好像很平淡，可是在平淡中却包含了多少人生的感慨！“人老了，懒得动弹了。”这是一层意思。“经历多了，大场面都不知见过多少，如今怎么及得上旧时呵！”这是又一层意思。“自己这样的身世，有什么心情同人家玩儿呵！”又是一层意思。作者满腹辛酸，一腔凄怨，通过这平淡的一句，反而显得更加沉重了。

读了最后一句，我们还能知道李清照已经不再住在深宅大院，同外面隔得很远；而是住在寻常人家里，可以在帘子下面听得见街上人家的笑语之声了。她生活的贫困，也是不难由此窥见的。

张元干

1091—?，字仲宗，长乐人，自号芦川居士，官至将作少监。绍兴中，坐以词送胡铨，得罪除名。有《芦川归来集》。与张孝祥并称南宋初期『词坛双璧』。

贺新郎（送胡邦衡待制赴新州）

梦绕神州路，怅秋风、连营画角，故宫离黍[1]。底事昆仑倾砥柱[2]，九地[3]黄流乱注，聚万落千村狐兔？天意从来高难问，况人情老易悲难诉。更南浦[4]，送君去。

凉生岸柳催残暑。耿斜河[5]、疏星淡月，断云微度。万里江山知何处？回首对床夜语[6]。雁不到、书成谁与？目尽青天怀今古，肯儿曹恩怨相尔汝[7]！举大白，听金缕[8]。

[1]故宫——汴京的宫殿。离黍——《诗经·王风》有《黍离》篇，叙周室东迁后，大夫行役至于宗周，见故宫尽为禾黍，悲而作诗，有“彼黍离离”句。

[2]砥柱——旧日黄河中流有砥柱山，即三门峡的三门山。

[3]九地——意为大地。

[4]南浦——借指送客之地。江淹《别赋》：“送君南浦，伤如之何。”

[5]斜河——斜落的银河。

[6]对床夜语——白居易《招张司业》诗：“能来同宿否？听雨对床眠。”

[7]尔汝——韩愈《听颖师弹琴》诗：“呢呢儿女语，恩怨相尔汝。”指小恩小怨的争执。

[8]金缕——《词谱·贺新郎》注：“叶梦得词，有唱金缕句，名金缕歌，又名金缕曲，又名金缕词。”

南宋初年，抗战派和投降派曾展开过激烈的和战问题的斗争，由于金人初时想用武力消灭南宋，南宋小朝廷即使很想同侵略者谈判也是谈不拢的。但到了绍兴八年（1138），情况已有了变化，宋高宗赵构在南方站定了脚跟，就让秦桧复任丞相，并派计议使王伦赴金国谈判条件。那时，任枢密院编修官的胡铨（邦衡）愤然上书，要求斩秦桧、王伦和参知政事孙近三人之头，以表示朝廷抗战的决心。因此触怒赵构，被贬为监广州盐仓，再改调福州签判。到了绍兴十一年（1141），韩世忠、岳飞等都被解除兵权，岳飞随后被杀，投降派气焰不可一世。次年，胡铨再受迫害，被遣送新州编管（押送到广东新兴县交地方官看管）。就在这种政治局面下，张元干写了这首《贺新郎》为胡铨送行。这件事更激怒了投降派，张元干受到削除名籍的处分，从此失去做官的资格。

这首词写得激昂悲愤，充满了对侵略者的仇恨和对投降派的愤怒，同时对胡铨的备受迫害寄予无限同情。

“中原的故乡啊，多少人魂梦难忘地思念着你！在秋风萧瑟的日子，军号凄凉地响着，到处是侵略者的营垒，故宫已经长满野草了。”

作者一开头就把人带进一个悲凉的境界，使人回忆悼念，引起对于侵略者的痛愤。

跟着，进一步提出疑问：“昆仑山倒下擎天柱，污浊的河水倾泻泛滥，淹没整个大地。为什么会这样？千村万落人烟寂灭，狐兔横行。为什么会这样？”

这两韵虽然用提问的形式，含意却远超于质疑之外。它是对侵略者的痛恨，又是对投降派的严斥。侵略者制造了中原的严重灾难，这固然不用说，但如果不是投降派把岳飞、韩世忠等大将杀的杀贬的贬，摧折了国家的“砥柱”，局面又何至于这样？

再下去，“天意从来高难问，况人情老易悲难诉”，把感情再引申一步。“天意高难问，人情老易悲”，原是杜甫的两句诗[①]，作者添上五个字，把原作的含意进一步丰富和深化了。老杜写这两句时，原是慨叹个人的不幸遭遇；张元干用在这里，就显出家国之感，人事之痛，交错纷杂。“天意高难问”加了“从来”，显见得世上许多事情是无法按常理解释的。比如对于侵略者，竟然会有人主张投降，甚至连皇帝也这样；反对投降的人，竟会受到一再贬斥，甚至于受到杀害。“老天爷”到底安的什么心肠？你怎么去问他！“人情老易悲”，老年人本来就容易伤心动情，而这种伤情却又“难诉”，又可见朝廷上的事情如今连讲实话也不行了，真是何其颠倒！

以上两句，充分表达了作者胸中一股说不出来的悲愤。而这便是“更南浦，送君去”的心情。

作者在颇似低沉的音调中，分明带着沉重的吼声，仿佛来自谷底的雷鸣，有点悲凉，却充满力量。这也许就是文艺批评家所说的“郁怒”，是一种被压抑着而又坚强挣扎着的力量的撼动。

下片，先作一个转折，把初秋的景色描写一番。既是点出时序，又是借景抒情。

当时，送客的筵席大抵都是设在晚间，相叙到五更天气，客人才起程。所以宋词中的送客之作，多描写夜间或凌晨景色。此词换头“凉生岸柳催残暑”，便是暗点作者到江岸上送胡铨南行。时值新秋，堤岸柳下已有凉意，天上银河显得十分明亮，在疏星淡月之中，偶然可以看到几缕断云飘过。两位朋友就在这清爽的秋夜中谈着话，互相倾诉惜别之情。

“万里江山知何处？回首对床夜语”——补出两人平日在议论国家大事时，常常提到中原的万里江山，如今大好中原河山落在谁人之手？为什么朝廷当政者不思量恢复？这些都是两人平日“对床夜语”中的话题。

“雁不到、书成谁与”——折入胡铨此去，是雁飞不到的地方，连托雁儿捎一封信也办不到。那时候，广南东路的新州，是号称最为山僻荒远的地方，而且瘴疫流行，外来的人很易受染。被贬到此的官员，常感不易生还。所谓“书成谁与”，还带有担心胡铨是否能够生还的微意在内。

以上一段，专就两人交情方面着笔，写得很沉着，很深切。

但是下面忽然抛开眼前个人的荣辱，改从高处远处设想。诗人仰首苍天，想到往古来今的许多历史，许多人物。特别是在历史的紧要关头，那些临大节而不辱、赴刀锯而不辞的仁人志士。他对这位朋友说：你我是用不着悲伤的，从古仁人志士都不肯像小人物那样，为了个人的恩怨宠辱而互相争吵，耿耿于怀。我们今天何必做出可怜的样子？相反，应该“举大白”——把酒斟得满满的，碰杯！“听金缕”——听着激昂的《金缕曲》，慷慨地分手！

这样的一结，意气昂扬，表现了作为一个爱国者的骄傲，也是对那些投降派的高度轻蔑。这样的一结，使人仿佛看到作者的横眉冷眼，也仿佛听到一曲历史的胜利者的壮歌。

文学之所以有贡献于人民，正是在后者需要它出现的时候，它就挺身而出，为此一时代留下不可磨灭的声音。张元干这首《贺新郎》便是属于这类作品。它在战和两派激烈搏斗、而且投降派气焰正凶之际，敢于举起如椽之笔，突出描述了抗战派正气凛然的精神面貌和蔑视宵小的英雄气概，真是金声玉振，大长爱国者的威风。如果在赵构和秦桧毒焰狂煽的时候，文坛却像死水似的沉默，那实在是令人丧气的。

①杜甫的诗题是《暮春江陵送马大卿公恩命追赴阙下》，为老杜晚年漂泊江陵时所作。

岳飞

1103—1141年，字鹏举，相州汤阴（今河南省汤阴县）人。建炎初投效勤王，与金人战，屡建功勋。历少保、河南北诸路招讨使。绍兴间，以不附和议，下狱死。孝宗时，复官，谥武穆。

满江红[1]

怒发冲冠[2]，凭阑处、潇潇雨歇。抬望眼，仰天长啸，壮怀激烈。三十功名尘与土，八千里路云和月。莫等闲、白了少年头，空悲切。

靖康耻，犹未雪；臣子恨，何时灭？驾长车、踏破贺兰山缺。壮志饥餐胡虏肉，笑谈渴饮匈奴血[3]。待从头、收拾旧山河，朝天阙。

[1]关于岳飞《满江红》词，已故的学者余嘉锡先生在《四库提要辨证》卷廿二《岳武穆遗文》条下，曾提出疑问。他指出这首词从来不见宋、元人的记载或题咏跋尾，却于明代嘉靖年间忽收入于徐阶所编《岳武穆遗文》中，徐氏是据弘治间浙江提学副使赵宽所书岳坟词碑收录的，而赵宽却不言其源流来历。故深为可疑。又，岳飞之孙珂，曾编辑《金陀粹编》，搜罗其祖遗文不遗余力，但书中却不曾收录这首《满江红》。余氏因此怀疑此词不是岳飞所作，而系明人为了某一目的写后托名岳飞的。这一考辨颇值得注意。虽则岳珂所著的《桯史》已把此词收在附录中，但《桯史》今存版本是明人刊刻的，极可能在明人刊刻此书时才把《满江红》收作附录，故不能以《桯史》证明此词确属岳飞所作。

尽管如此，这首《满江红》却是久已归在岳飞的名下，流传广远，并为广大群众所承认。即使有上述疑点，我们似乎也不必多此一举，非要把它排除在岳飞著作之外不可，因为这已不是考证的问题，而是涉及民族历史感情的问题了。

[2]怒发冲冠——因愤怒激动使头发直竖，顶住帽子。

[3]壮志两句——是极度愤恨和轻蔑敌人的表示，“匈奴”，汉代生活在我国北方的民族，这里借指金人。

在谈岳飞《满江红》之前，我想先扯开一个问题，谈另外一首《满江红》。

拂拭残碑，敕飞字、依稀堪读。慨当初，倚飞何重，后来何酷！果是功成身合死，可怜事去言难赎。最无辜、堪恨更堪怜，风波狱。

岂不惜，中原蹙；岂不念，徽钦辱！但徽钦既返，此身何属。千载休谈南渡错，当时自怕中原复。笑区区、一桧亦何能？逢其欲。[①]

这是明代书画名家文徵明在看见刻在碑上的宋高宗敕赐岳飞的御札后写的。当初倚仗岳飞抗金的是这位高宗（岳飞原是高宗担任兵马大元帅前投效的嫡系军官），后来杀掉岳飞的也是这位高宗。岳飞为什么会落到这样悲惨的下场？光是秦桧的陷害吗？不是那样简单。文徵明尖锐地指出一件南宋人不大清楚或者不敢明说的内幕，那就是宋高宗的私心。是什么私心呢？作者说，假如岳飞收复了中原，把徽、钦二帝迎接回来，问题马上就变得非常复杂，高宗本人的位置就不知往哪里搁了。这才是事情的关键。

徽宗是高宗的父亲，钦宗是高宗的哥哥，父亲和哥哥在上，你自己还能够安然南面称孤吗？你让位吧，前途吉凶难保；不让位，一样是吉凶难保。从历史上看，安禄山之乱，唐玄宗可以传位给肃宗，因为自己年纪大了；徽宗自然也可以传位（已经传位给太子即钦宗赵桓了），因为同样年纪也大了；可是拿钦宗怎么办？他是皇帝，又是哥哥。而且肃宗原来就是太子，继位是名正言顺，你高宗不过封个康王，本来就没有登基的资格，既迎了皇帝哥哥回来，还好意思继续坐你的龙位吗[②]？

想是这样想，话却说不出口。站在朝廷里的书呆子也不敢这样大胆推测他们的君王。幸而有个秦桧，深懂此中奥妙，力主和议，君臣之间心照不宣。于是，坚持抗战的岳飞就只能落个身首异处的下场了。

让出了帝位，吉凶难保，是容易理解的，为什么不让位也同样吉凶难保呢？

这个问题只有到了明代才找到一个无可辩驳的答案。

明朝正统年间，建国在阿尔泰山山麓的瓦剌部族，兼并了蒙古高原上许多部族之后，成为元朝以后最强大的蒙古帝国。正统十四年（1449），瓦剌首领也先南下进攻，在土木堡（今河北怀来县西）一战，俘虏了御驾亲征的明朝皇帝英宗朱祁镇，随即包围北京。这时，以兵部侍郎于谦为首的抗战派拥立英宗的弟弟朱祁钰，是为景泰帝。几场接战，打败了瓦剌侵略军，后来还迎回了英宗。由于景泰帝没有把皇位让回给哥哥，英宗初时勉强当了太上皇，但复辟的阴谋却在暗中进行着。到了景泰八年（1457），英宗的死党徐有贞、石亨等趁景泰帝患病之际，突然发动政变，拥英宗复辟，废朱祁钰为郕王，杀于谦等大臣。不肯让位的景泰帝当年就不明不白地死掉了。

这件事让一些书呆子擦亮了眼睛。因而，在景泰帝死后十多年出生的文徵明，拿这件暖热的史实同岳飞之死对照一下，就把宋高宗的私心和盘托出了[3]（至于文徵明如此揭露还有没有其他的用意，那是另外一回事）。

这算是岳飞《满江红》的一个插曲。

岳飞这首词，一开头就用了荆轲的故事。《史记》记载荆轲入秦，在易水上同朋友话别的时候，唱了一支曲子："风萧萧兮易水寒，壮士一去兮不复还。"于是"士皆瞋目，发尽上指冠"。（这便是"怒发冲冠"的来历）虽然岳飞这时看到的不是易水寒，而是潇潇雨，但他为了驱除入侵者，抱着"壮士一去兮不复还"的意志，则是一样的。荆轲唱出"变徵（zhǐ）之声"（一种激越的腔调），他则是"仰天长啸"，那壮怀也是一样的。

"三十功名尘与土"——在岳飞看来，自己虽然是三十以上的年纪，可是对于世人十分钦羡和渴求的功名富贵，却以为不过如同泥土一样，是微不足道的。为什么？岳飞的意思是说，如今最重要的，还是抵抗金兵，驱逐入侵者，恢复北方大好河山，而不是为了追求人生的功名富贵。因为两者是不可能相提并论的。

"八千里路云和月"——回顾自己过去那段经历，尽在沙场上度过。大白天，抬头看的是白云，到晚上，抬头看的是明月。年年月月如此，计算起来，那路程足够有八千里远了。当然，八千里也不过是个大概数，极言路程之远而已。

但也不妨屈指一算：岳飞从靖康元年（1126）在故乡汤阴应募勤王，正式在军队中参加对金兵作战，那时顶多不过当一名相当于现在的班长；到建炎二年（1128）他转入著名将领、开封留守宗泽的麾下作战，英勇立功；再过一年，便已提一旅孤军，到南方转战于宜兴一线了。到建炎四年（1130）他又挥军北上，一举收复建康（今南京）；

绍兴元年(1131)复转战南下，在江西讨伐叛将李成；又次年，进军广西，讨伐游寇曹成，然后再入吉州、虔州，镇压农民军；此后渡江北上，在金人手中收复郢、随、唐、邓、襄阳、信阳六座州郡，威震敌胆，并以功升为清远军节度使，置身于中兴名将之列。那时他还只有三十二岁。

“莫等闲、白了少年头，空悲切”——这样的生涯，自然是奔波劳顿的；可是，假如平白放过了大好时光，到老来一事无成，不是更加可悲么！

看了上面他这段不寻常的经历，我们就不难领会他在这几句话里的不寻常的分量。一个“崛起垅亩”的农村青年，仅仅八九年间，便已成就了如此惊人的功业。即使他自己视功名如尘土，但他那“莫等闲、白了少年头”的进取精神，难道不值得我们认真领略吗?

在词的下片，岳飞又提起那使汉族人民万分愤慨的事：

“靖康耻，犹未雪；臣子恨，何时灭”——靖康元年，金兵攻破汴京，次年，把俘获的徽宗、钦宗挟持北去，太子、公主、六宫妃嫔、皇孙、驸马以及一切宝器、图书，尽数北迁。这真是汉民族的奇耻大辱。这个耻辱，至今还未昭雪，作为臣子，自然抱恨不消。

岳飞早已立下志愿，“不斩楼兰誓不还”，入侵者必须驱逐，失地必须收回。如今只有一个决心：“驾长车、踏破贺兰山缺”。“长车”是一种兵车；“贺兰山”，在今宁夏东部，西汉时汉民族同匈奴连战于此，宋代却是西夏的辖地，不在金人手中。词中不过以贺兰山指代北方要塞之地，表示一往无前消灭敌人的决心。

“饥餐胡虏肉，渴饮匈奴血”，是对敌人表示高度的民族义愤。《左传·襄公廿一年》：“然二子者，譬于禽兽，臣食其肉，而寝处其皮矣。”作者借用，抒写对侵略者的极端愤恨。再用“壮志”表达气概的昂扬，而“笑谈”则反映了战胜强敌不在话下的信心。读了这两句，真使人意气风发，斗志更坚。

“待从头、收拾旧山河，朝天阙”——“旧山河”，是原属于汉民族的山河；“天阙”，不是宋高宗临时栖托的临安（今杭州），而是那已经沦陷的汴京（今开封），那儿有宋家历朝祖宗的庙寝，原是全国政治经济中心。

整首词充满了爱国的激情，真是慷慨悲歌，使人为之起舞。

岳飞毕竟想要做一个忠臣。他懂得打仗，也懂得填词，可惜就是没有领会那个高宗皇帝的心事。也许他虽然多少懂得，却又无法违背自己生平立下的誓言，因而终于形成历史上的一场悲剧吧！

①此词见《词统》，又见《坚瓠乙集》卷三。平步青《霞外捃屑》引王之宾《绍兴府志》亦载此词。并谓词中所谓“残碑”，即宋高宗谕岳飞敕碑，在绍兴卧龙山顶越望亭侧。

②钦宗赵桓是徽宗长子，高宗赵构是第九子。徽宗于绍兴五年（1135）四月死于五国城，七年七月凶问至江南。钦宗则死于绍兴三十一年（1161）五月。

③清人郑板桥（燮）有《绍兴》诗：“丞相纷纷诏敕多，绍兴天子只酣歌。金人欲送徽钦返，其奈中原不要何！”那已是不算新鲜了。

陆游

1125—1210年，字务观，号放翁，山阴（今浙江绍兴）人，以荫补登仕郎，历枢密院编修官。绍兴三十二年（1162）赐进士出身，通判建康府，范成大帅蜀，辟为参议官。后以宝章阁待制致仕，卒。有《渭南词》。

钗头凤

红酥手，黄縢酒，满城春色宫墙柳。东风恶，欢情薄。一怀愁绪，几年离索。错！错！错！

春如旧，人空瘦，泪痕红浥鲛绡透。桃花落，闲池阁。山盟虽在，锦书难托。莫！莫！莫！

1962年10月，诗人郭沫若来到浙江绍兴市，29日特地游了位于城东南角的沈园，参观了陆游纪念室；后来又填了一阕《钗头凤》，作为此行的纪念。

这首词的上片是这样写的：

宫墙柳，今乌有。沈园蜕变怀诗叟。秋风袅，晨光好，满畦蔬菜，一池萍藻。草，草，草。

原来曾经占地十余亩的沈园，已经大部分成了稻田；当年的亭台楼阁亦已倾圮无余；园墙内一片树木掩映，仅有一个葫芦形水池；园墙外稻田中还有一个方形池塘：这就算是沈园仅余的故物了。沧海也化桑田，何况一个小小花园呢！

沈园，即使早已大异于当年，可是它在历史文献上还有一定的价值。而且它的意义也不仅在于纪念陆游，还有揭露封建礼教的罪恶的作用。

陆游是在沈园写下他那首著名的《钗头凤》的。诗人用笔虽然委婉含蓄，但内蕴很深，对于封建社会的吃人礼教，仍然有抨击揭露的作用。直到现在，凡是读过陆游一曲《钗头凤》的人，都会产生对陆游和唐琬遭遇不幸的深厚同情，从而鄙弃制造这场婚姻悲剧的封建制度。

《钗头凤》的故事是这样的：

1155年，即南宋高宗绍兴二十五年，陆游正在家乡山阴（今绍兴市）闲居，一个好春天气，他偶然到城南沈园游玩，蓦然和前妻唐琬在园中相遇。

这是给封建礼教硬生生地拆开了的小夫妻俩。

陆家早年曾发生一场家庭悲剧。据周密《济东野语》卷一、陈鹄《耆旧续闻》卷十以及刘克庄《后村诗话续集》卷二等书的记载，陆游初娶表妹唐琬为妻，夫妇间的感情本来是很好的，在小两口的心中，都以为可以偕老百年，不料正如陆游后来那句诗说的："不如意事常千万。"也不知是什么缘由，陆游的母亲很不喜欢这个媳妇（唐琬是她的外甥女）。更不幸的是事情越来越糟，婆媳的感情逐步恶化到不可收拾。终于婆婆下了一道不可违抗的"母命"，迫使陆游休弃了他的妻子。

唐琬离开陆家后，有些记载还说，陆游曾经另外找了一个地方把唐琬藏起来，暗里来往。不料这也给他母亲知道了，带了人马登门"问罪"。到了这个地步，双方只好彻底分手了。

陆游后来另娶了妻子，唐琬也改嫁了赵士程。

然而悲剧并没有到此了结。

过了几年，也就是绍兴二十五年（1155），陆游三十一岁，已经是三个孩子的父亲了，偶然就在沈园和唐琬再遇。双方那时是什么样的心情，谁也说不清楚，我们只知道，唐琬是同丈夫赵士程一起来沈园游玩的，她见到了陆游，还遣仆人致送酒肴，却再也无从互通情愫了。这里值得注意的是"遣仆人"，不是邀陆游同坐在一起。因为不仅在当时是不可能的，而且这样做也使三方面都非常难堪。

陆游的《钗头凤》就是在这种情景下写的。写好以后还把它题在沈园壁上。

据说，后来唐琬看了这首词，也和了一首[①]。不久便郁郁逝去。

陆游一直没有忘记这位无辜被弃、郁郁早逝的妻子。在他的诗集里，曾再三提到沈园那次最后的会面，表示难以消释的悲痛。直到他八十四岁，也就是去世的前一年，他写了几首《春游》七绝，其中一首是：

沈家园里花如锦，半是当年识放翁。

也信美人终作土，不堪幽梦太匆匆！

——《剑南诗稿》卷七十五

"美人作土"是说唐琬久逝；"幽梦匆匆"，当然是叹息夫妻生活的短暂了。

据近人于北山撰的《陆游年谱》：陆游和唐琬结婚是在绍兴十四年（1144），那年陆游只有二十岁。《年谱》说："上元在临安，从舅光州通守唐仲俊招观灯。与唐氏结婚，盖在此时。"又说："考续配王氏生长子子虡时，务观（陆游字）二十四岁，则务观与王氏结婚，绝不能晚于二十三岁，而唐氏被弃之年，略可知矣。"陆、唐的夫妻生活大抵不会超过三年。一对诚挚相爱的夫妻，仅仅由于婆婆的不满意，硬生生给分拆开了，更导致女方的含恨早逝。怪不得鲁迅先生把封建礼教说成是吃人的。

如今且来分析这首《钗头凤》。

“红酥手，黄縢酒，满城春色宫墙柳。”这是新婚不久一段美好生活的回忆。

那是一个明媚的春日，陆游和唐琬来到郊外游玩，在一道宫墙旁边，柳阴底下，摆开仆人带来的酒菜，两人坐下小酌。在陆游的记忆中，唐琬一双红润细软的手，捧着满满一杯黄縢酒[2]，宫墙旁边是一片杨柳的长条，眼前花繁叶茂，春色盎然。

是哪一处宫墙呢？从《嘉泰会稽志》卷七，我们知道，山阴县东南二十五里有一座龙瑞宫，“宫正居会稽山南，峰嶂遒崒”。所谓“宫墙”大抵就指这个地方吧。陆游《剑南诗稿》卷七十五《春游》诗注说：“予年十四，始到禹祠、龙瑞。”可见龙瑞宫是游览登眺的地方[3]。

然而，这种美好生活并没有能维持多久。

“东风恶，欢情薄。一怀愁绪，几年离索。”这里暗暗点出一场家庭惨变。陆游不敢直指母亲的不是，只好说是“东风恶”。夫妻的关系不能维持下去，所以说“欢情薄”。“东风恶”呼应上文“满城春色”，刚才还是满城的春色，转眼之间，却忽然东风横吹，把一切美好欢情，都吹成了泡影。“一怀愁绪”，说明自己遗弃妻子完全是被迫的，自己的心情一直是非常悲凉的。“几年离索”，如今一晃眼又过了几年，自己总是感到一种分离的痛苦。

夫妻俩落得如此不幸的结局，当然不是事先所能预料的。但为什么当时没有把各种因素都考虑清楚，就匆匆忙忙结下这段姻缘呢？为什么婆媳关系会越弄越糟，终至不可收拾呢？为什么……他自己实在无法解答，只有一迭声地长叹：错！错！错！

于是画面又转到现在："春如旧，人空瘦。泪痕红浥鲛绡透。"

这几句是指唐琬。也是陆游眼中所见的前妻的形象。仍然是美好可爱的春天，可是她却比从前消瘦多了；这几年，她的心情显然非常不好过，想必她的眼泪时常把手帕都湿透了。"红泪"指女子的眼泪。王嘉《拾遗记》："薛灵芸闻别父母，歔欷累日，泪下沾衣，至升车就路之时，以玉唾壶承泪，壶即红色。既发常山，及至京师，壶中泪凝如血。"这是红泪的典故。"鲛绡"，手帕的代词，它常是男女间赠送的信物。

"春如旧"呼应上文的"满城春色"。"人空瘦"，呼应上文的"红酥手"。行文针线细密，不可不知。

"桃花落，闲池阁。山盟虽在，锦书难托。"这几句写出陆游此时此地的心情。桃花已经落了，池台亭阁也冷落起来了。是暮春光景吗？是的。然而更是陆游此时情怀的真实写照。美满的姻缘已成过去，纵然春光大好，又有什么用呢？

再想起从前夫妻俩的山盟海誓，彼此曾经表示永远相爱。是的，那些盟誓绝不是虚假的。直到如今，彼此仍然认为决不是假的。但如今就连托人捎一封信给她也变成不可能了。

难道真的不可以互通情愫吗？连写封信安慰一下也不行吗？难道这生死不渝的爱情就不可以冲决堤防吗？徘徊在沈园的春色里，眼看着唐琬遣人送来的酒食，陆游心情非常激动，简直想冲上前去，拉着唐琬着实痛哭一番了。

然而这毕竟是不可能的。他终于只好又长叹几声："莫！莫！莫！"（不行，不行，不行呵！④）

封建礼教的威权是厉害的。你想公然触犯它，不单要冒着丧失生命的危险，还要冒着丧失生命以外的东西（比方名誉）的危险。陆游是没有这个勇气的。

这一对夫妇就这样给后人留下了悲剧的形象。

但陆游写下的有关此事的诗和词，毕竟又成为对吃人的封建礼教的有力控诉。

①唐琬的和词："世情薄，人情恶，雨送黄昏花易落。晓风干，泪痕残，欲笺心事，独语斜栏。难！难！难！　人成各，今非昨，病魂常恨秋千索。角声寒，夜阑珊，怕人寻问，咽泪装欢，瞒！瞒！瞒！"

②黄縢酒到底是什么酒，不详。縢有缄封义，有人认为就是黄封酒。

③郭沫若词："宫墙柳，今乌有。"似乎也以为"宫墙"是在山阴县的。

④或解为"罢，罢，罢！"亦可。

卜算子（咏梅）

驿外断桥边，寂寞开无主。已是黄昏独自愁，更着风和雨。

无意苦争春，一任群芳妒。零落成泥碾作尘，只有香如故。

宋人黄大舆辑有《梅苑》十卷，把从唐代到南北宋之交这段期间他能收集到的咏梅的词，全都收辑进去。可称是对梅有特殊爱好的一位“雅士”。可惜这十卷梅词，佳作并不多见。

陆游出生较晚，已经赶不上刊入《梅苑》作者之林。可是他在前人的林林总总的作品之前，却能自树一帜，写出超群脱俗的梅词。而且只用了寥寥八句，就达到思想性和艺术性的高度结合，真是能够以少胜多，以简驭繁的。

这首词之所以写得成功，是把物象充分升华了的结果。他不斤斤于追求梅的形态，却把它作为人的高尚品格来描写。梅花与人，是二又是一。

不过，光是这样，问题还没有完全解决。因为高尚品格不止一端。这就需要再进一步，具体树立一个主脑。

作者在这首词里树立的主脑，一句话，就是“孤芳不变”。上片突出“独自”的意思，就是“孤芳”；下片突出“如故”的意思，就是“不变”。借用屈原两句话：前者，是“众人皆醉我独醒”；后者，是“虽九死其犹未悔”。

这是很重要的一着。因为，客观事物通过主观的改造，染上个人主观的色彩，这只是大概的说法。问题还在于，你是怎样改造它，给它染上怎么样的色彩。梅花，你可以把它说成是高士，是美女，是弄珠人，都是从梅花这个特定的物象升华起来的，但最好还是写出性格，而不止于一般高士、美女的比喻。

这首词一开头，“驿外”和“桥边”的环境，已透出独自的气氛。

“寂寞”和“无主”，进一步渲染这种独自。下去“已是黄昏独自愁”，正面提出了独自，又用“黄昏”和“愁”加强它的色彩。“更着风和雨”，就不仅仅孤独，而是在颠沛的环境之中了。后面一句已为下文“不变”埋下了伏笔。

下片：“无意苦争春，一任群芳妒。”不说梅花先春而开，反说它无意于争取在春天开放，为的是不愿同群芳争妍斗宠。立足点既高，而且缴足了上文的“独自”，开出下文的“故”。“故”者，不管别人怎么样，我始终是这样子也。然后以“零落成泥碾作尘，只有香如故”作再跨一层、再深一步的收束。“更着风和雨”，本来已经是足够颠沛的了，“零落成泥”之后，还要“碾作尘”，简直粉身碎骨。然而，“香如故”。多么坚韧，多么自信！

这就是在树立主脑方面取得成功的效果。李清照曾经讥笑过一些作者：“世人作梅词，下笔便俗。”为什么会下笔便俗？作者本人的情操是一个原因，但不善于树立主脑，恐怕也是一个原因。

不言而喻，这个“孤芳不变”的主脑之建立，同作者对于自己的信念的坚持不变，有着密切关系。

陆游反对对敌投降妥协，坚持恢复中原失地，这种信念，贯彻毕生。不论是在诗歌、散文中，不论是在行动上，他都是始终不变的。可是，他也有过感到孤独的时期，有过受到排挤打击的遭遇，更多的时候是受到朝廷的冷落。因而他的寂寞、孤独乃至于“零落成泥”的感觉，就经常盘旋在心里了。这首《卜算子》虽是咏梅，却不啻是替自己塑造了一个肖像（参阅上册晏幾道《鹧鸪天》释文）。

夜游宫（记梦，寄师伯浑）

雪晓清笳乱起。梦游处、不知何地。铁骑无声望似水[1]。想关河，雁门西，青海际。

睡觉寒灯里，漏声断、月斜窗纸。自许封侯在万里。有谁知，鬓虽残，心未死。

[1]似水——《尉缭子》："胜兵似水，至柔弱也。故所触必为之陁（破坏）。性专而触诚也。"又《诗·常武》："如山之苞，如川之流。"

陆游从乾道九年至淳熙元年（1173—1174）做过一任摄知嘉州事（代理嘉州知州。嘉州，今四川乐山市）。赴任途中经过眉山（今四川眉山市），认识了一位他称为“天下伟人”的名士师伯浑。师伯浑是具有爱国思想的人。据陆游说，四川宣抚使王炎想引荐他做官，因“忌者”排斥而罢。所谓“忌者”，大抵便是朝中的主和派，由此也可知师伯浑的为人。

这首词是陆游以“记梦”为名寄给师伯浑的。

近人李淡虹写了一篇《陆游梦游黄河、潼关、太华诗初探》（见1963年版《文史》第二辑），他认为陆游在乾道八年（1172）在四川宣抚使王炎幕下当属员时，曾经奉命化装深入关中的潼关、华山以及中条山、崤山一带（这些地方那时都在金人控制下）进行刺探活动。由于这是秘密进行的，并且连中枢当局事前也许不知道，所以他这一活动，无法公开，事后亦只能托于梦境。他的诗集里屡次提到梦游华山、河潼，就是这个道理。

这种探索自然是很有意思的。

但是这首《夜游宫》却不属于上述这一类。它只是寄托了一种希望，以及对于这种希望之脆弱的感慨。

陆游同师伯浑在眉山一见如故，到了嘉州之后，师伯浑曾去拜访他，逗留了十天。那是乾道九年的深秋。这期间陆游有一首诗，题为《九月十六日，夜梦驻军河外，遣使招降诸城，觉而有作》[①]。可见他实际上是做了一个收复西北失地的美梦。这首词所描写的梦境，同诗里写的颇有点近似（时间都是下雪的冬天），很可能写的是同一个梦。不过那首诗没有写到梦破以后的感慨罢了。由此看来，这首词的写作日期，似乎可以定为乾道九年（1173）的冬天，也就是师伯浑回到眉山故乡以后。

先看作者怎样描述他的梦境：

“雪晓清笳乱起”——是一个下雪的早晨，原野上忽然飞起一片嘈杂的军号声。“乱起”是描写军号声突如其来，各营此起彼应，军中已接到立刻出发的命令。

“梦游处、不知何地”——点出这是梦境。“不知何地”四字，恰好写出初入梦境时迷离恍惚的神态。

“铁骑无声望似水”——这句承上“清笳”而来，是定一定神之后才看清楚的战地景象。作者用了“铁骑无声”四字，极力写出一支威武的骑兵正在列阵候命，阵上一片肃穆，人马都悄然无声，使人感觉到正是决战之前一瞬间的静默。“望似水”三字，再把军队的气势形容一笔：它看去就像一片沉着而又汹涌的潮水，沉静中有动势，显示出一股令人望而生畏的力量（这句可以作另外一种解释：铁骑像流水似的进行着）。

于是作者再以自问自答的口气指出这是一支什么部队：“想关河，雁门西，青海际。”雁门关在今山西省代县北，北宋时是宋、辽两国的边界，雁门以西，则属夏国。青海在今青海省，宋时属吐蕃辖地。这两处都不是宋、金双方的战场。但正如岳飞《满江红》以贺兰山指代北方沦陷地区一样，诗人不过借用而已。陆游在梦中出现的这一支部队，正为收复北方失地准备向敌人冲杀。（可以参考附诗：“腥臊窟穴一洗空，太行、北岳原无恙。”）

以上是一片梦境。写得仿佛确有其事。在艺术技巧上，这叫做蓄势。正如把强弓拉得满满，使旁人看了也觉得异常紧张。然后在下片突然来个转折，文章就有“兔起鹘落”的动人效果。

下片，他从美丽的梦幻中惊醒过来。一盏摇晃不定的残灯，惨淡的月光洒在窗纸上。侧耳一听，计时的漏壶好像也停止了活动。自己是躺在宁静得使人发慌的山城之中。这几句写梦醒后环境的凄冷和个人的孤独。因为他虽是嘉州的摄知州事，但州务闲简，心情也是孤独而寂寞的。

“自许封侯在万里……”作者不由得说出心头的感慨：本来满心满意为了恢复失地、驱逐侵略者，老远跑到汉中前线，要尽自己一点微薄的力量，谁知道反而被逼着从前线撤退下来，跑到四川一个山城当一员闲官；更有谁知道，自己虽然已是近五十岁的人，头发都变得稀疏了，这颗重回前线杀敌的雄心，还没有死去呢——也许只有梦魂才能够知道了。

“鬓虽残，心未死”六字，几层意思：少年时便已有壮心，这是一；壮心却至老还未实现，这是二；如今老了，本不应有壮心，这是三；偏偏老了壮心还未死，这是四；这壮心无从实现，只有在梦中才有实现的可能，这是五。

作者心情有多么沉重，从结拍这几句话里，我们是掂到它的分量的。

①这首诗全文是这样的：“杀气昏昏横塞上，东并黄河开玉帐。昼飞羽檄下列城，夜脱貂裘抚降将。将军枥上汗血马，猛士腰间虎文韔。阶前白刃明如霜，门外长戟森相向。朔风卷地吹急雪，转盼玉花深一丈。谁言铁衣冷彻骨，感义怀恩如挟纩。腥臊窟穴一洗空，太行北岳原无恙。更呼斗酒作长歌，要遣天山健儿唱。”

陈亮

1143—1194年，字同甫，永康（今属浙江）人，1193年策进士第一，授签书建康府判官厅公事，未至而卒。有《龙川词》。

念奴娇（登多景楼）

危楼还望，叹此意今古几人曾会？鬼设神施，浑认作、天限南疆北界。一水横陈，连岗三面，做出争雄势。六朝何事，只成门户私计？

因笑王谢诸人，登高怀远，也学英雄涕。凭却江山、管不到，河洛腥膻无际。正好长驱，不须反顾，寻取中流誓。小儿破贼，势成宁问强对！

陈亮，字同甫，学者称他为龙川先生。他是南宋一位杰出的思想家，是向当时的道学“举起投枪的一个封建异端学派”。他坚决主张北伐收复中原失地，反对苟安一隅，以言论警策震惊天下。他是辛弃疾的密友，在词坛上又是“不作一妖语媚语”的硬汉。他精研了古代军事历史，撰作《酌古论》，作为中兴、“复仇”事业的借鉴。尝称“推倒一世之智勇，开拓万古之心胸，自谓差有一日之长”。他要把自己锻炼成为文武兼备的人才，“欲为社稷开数百年之基”，鄙弃徒发空论的文人和只凭匹夫之勇的粗汉。他的填词，也是因为可以作为政治斗争的武器而不是刻红剪翠，或弄些几案上的小摆设。

这首《念奴娇》是他登上多景楼时写的。从词里所表现的思想，所发抒的感慨来看，真能“起顽立懦”，使人振奋。

多景楼在江苏丹徒县北固山甘露寺内，北临长江，隔江可以遥望军事重镇扬州，这一带是历史上军事必争之地，熟研军事历史的陈亮，登临这里、慷慨淋漓地抒发了感今怀古的豪情。

那时候，南宋的疆土最北面是淮河，淮河的形势，对南宋来说是无险可守的，必须倚靠长江天险来保护淮南地区。因此南宋朝廷便把长江视作“天限的南北疆界”。但这不过是小朝廷偏安江左的借口，在主张收复中原的陈亮看来，单靠长江之险而不思进取，那只是保护统治集团内部少数人私利的政策而已。因此作者一开头就提出：“叹此意今古几人曾会？”登临多景楼瞻望的人，今古不知凡几，其中多少人能真正认识这里的山川形势，不把它作为偏安局面的凭借，而是把它作为进取中原的根据地来看待呢？这是一句意味深长的话。

紧接着，作者就阐述自己的观点："鬼设神施，浑认作、天限南疆北界。"句中有一个典故：曹丕代汉以后，曾想南下扫平东吴。他"御驾亲征"来到广陵（今扬州市），临江阅兵时，却见巨浪滔天，洪流滚滚，使这位生长在戎马之间的北人胆战心惊，不知如何飞渡。他叹息说："此固天之所以限南北也！"于是引兵北归。这便是"长江天堑"一语的最早来历。"鬼设神施"是自然形成不关人力的意思。作者又下了"浑认作"三字，带有鄙视之意，意思是说，长江固然具有天然险要，难道就可以认为这是上天注定不能打破的南疆北界么！这话其实是针对朝廷上那班保守求和的人说的，话里颇含有讽刺的意味。

他又进一步分析地方形势："一水横陈，连岗三面，做出争雄势。"是说这地方形势险要，前面横着一条大江，可以阻拦北来军马；而且沿着长江南面还有一系列山峦，从三面向北围拢，仿佛是为了保卫长江，又是为了争夺优势似的（从南京到镇江一带，有钟山、汤山、大华山等，都不高峻）。地理形势既能争雄，为什么人却不能争雄呢？

"六朝何事，只成门户私计"——想起从东吴、东晋到宋、齐、梁、陈，在建业（南京）建都，只是划江自守，毫无壮志雄心；甚至为了一门一户的私人利益，甘愿退缩江南一角，这真是可嗤可笑了。

上片是作者在多景楼上放眼河山时，从眼前景色想到许多历史事实。在字面上虽是指摘六朝，骨子里却是针对现实的。

东晋时，有王谢两姓大族，从中原南迁而来。其中不少人成为东晋朝廷里的核心人物，掌握军政大权。后人提及东晋这些权势人物时，往往省称“王谢”。《晋书·王导传》记载了这样一件事：西晋政权灭亡后，统治集团在长江以南重建朝廷。有一回，南渡的士大夫在新亭（在今南京市南）宴饮，有个叫周顗的叹息说：“风景不殊，举目有山河之异。”（西晋建都洛阳，南京的自然环境有一部分同洛阳的相像。所以唐诗人许浑《金陵怀古》诗说：“英雄一去豪华尽，唯有青山似洛中。”）在座的人都相对流涕，只有王导还勉强说几句豪言壮语。下片开头，作者便讥笑这种人物，因为他们并没有恢复山河的雄心壮志，却又假惺惺地洒些眼泪，模仿着英雄的样子，其实骨子里全不是那回事。这话的目的当然不在讥古，而在讽今。

接下去，“凭却江山、管不到，河洛腥膻无际”（“腥膻”，同羶腥，牛羊的臊气，此指北方敌人，因为他们原都是牧羊放马的）是说小朝廷利用长江的地理形势，并不是为了恢复北方失地，尽管中原大地一片牛羊的腥臊，老百姓在敌人铁蹄之下呻吟，他们也充耳不闻，甚至若无其事。

以上是借古讽今，用六朝的旧事把南宋当时划江自守的政策给予辛辣的讽刺。说是含蓄，其实用意是很明显的。

因此，下面笔锋一转，转到当前。作者索性站出来申述自己的主张。

“正好长驱，不须反顾，寻取中流誓。”——“长驱”是毫不停留向前进发的意思。作者认为，长驱北向，恢复中原失地。这种民心士气是无时不在的，所以应该行动起来，不要徘徊瞻顾，迟疑不决了。

“中流誓”又是运用东晋一个典故。《晋书·祖逖传》载：祖逖自西晋覆亡后，移居丹徒的京口、“以社稷倾覆，常怀振复之志”，晋元帝于是封逖为奋威将军、豫州刺史，由他自己招募兵马。于是祖逖带着一批原居江北的勇士渡江北发。“中流击揖面誓曰：‘祖逖不能清中原而复济者，有如大江。’辞色壮烈，众皆慨叹。”作者希望南宋朝廷也让一些像祖逖的人才发挥力量，为恢复中原而献身效力。

“小儿破贼，势成宁问强对”——他认为，如今“破贼”之势已成，不要以为敌人是“强对”（强大的对手。出自《三国志·陆逊传》）就不敢去碰它。要知道，东晋当年，谢玄、谢石以寡敌众，带领八千子弟兵打败北方敌人苻坚的数十万大军，那正是利用了民心士气这个有利形势的。句中又用了一个典故。《晋书·谢安传》说，谢安当苻坚以数十万大军进攻东晋时，使弟谢石、侄谢玄率军迎战，当时强弱之势悬殊，京师震动，谢安却“夷然无惧色”，沉着地部署军事。“玄等既破（苻）坚，有驿书至，安方对客围棋，看书既竟，便摄放床上，了无喜色，棋如故。客问之，徐答云：‘小儿辈遂已破贼。’既罢，还内，过户限，不觉屐齿之折。”作者使用这个典故，目的在于鼓励南宋朝廷，不要以为北方敌人貌似强大就不敢去碰它。

陈亮在《上孝宗皇帝第一书》中，曾经指出：“人才以用而见其能否”，“兵食以用而见其盈虚”；并且大声疾呼：“今乃驱委庸人，笼络小儒，以迁延大有为之岁月，臣不胜愤悱！”他反对株守退缩的懦夫行径，强调了人的主观能动作用：“天下大势之所趋，天地鬼神不能易，而易之者人也。”这些都可以作为“正好长驱，不须反顾”等语的注脚。

读罢这首词，我们便能感觉到它那气魄磅礴、志雄万夫的威势。陈亮的词风，在南宋词人中，是很突出的。

辛弃疾

1140—1207年，字幼安，号稼轩，历城（今山东济南）人。耿京聚兵山东，为掌书记，奉表来归。授承务郎，累官浙东安抚，加龙图阁待制，枢密院都承旨。有《稼轩词》。

菩萨蛮（书江西造口[1]壁）

郁孤台下清江水[2]，中间多少行人泪？西北望长安，可怜无数山。

青山遮不住，毕竟东流去。江晚正愁予，山深闻鹧鸪。

[1]造口——在今江西万安县西南，皂口溪水自此流入赣江。

[2]郁孤台——在今江西赣县西南。《赣州府志》："郁孤台，一名贺兰山……唐李勉为刺史，登台北望，慨然曰：'予虽不及子牟，心在魏阙一也。郁孤岂令名乎！'乃易匾为望阙。"因为郁有忧郁的意思，孤有孤独的意思，所以说不是令名。清江——江西袁江与赣江合流处，旧亦称清江。

读完一本诗词集或散文集之后，我们往往会涌起一种带着形象的印象，觉得有些作者的作品，就其整个内容来说，很像是一座结构小巧的园亭，它能使你怡情悦目，心神舒畅。也有些作品，像是深林古寺，一派清远幽深，使你心情也变得宁静起来。也有些作品像是古堡残墟，严凝森冷，你感到又是吃惊，又是好奇，不知其内里有多少神秘。另外有些却又像重楼复阁，到处绮窗绣户，结构精奇，给你以目迷五色之感。……可是这些都比喻不上辛弃疾的作品。辛弃疾这位出身于农民武装队伍，带有豪侠气质，南归后又是驰驱战场，又是出任大吏，又是啸咏园林的词人，称得上才识双全，允文允武。他给后人留下了六百多篇词作，在数量上是如此丰富，我们一旦走了进去，就仿佛置身连峰叠嶂的大山脉之中，那里面群峰插天，百川盘地，奇花异鸟，乱石惊涛，无处不奇，无所不有。这才称得上是雄深厚大，极词坛的伟观。

对于这个庞然大物，就算指出几座峰峦，仍然不能说它们就是代表。所以我在这里选释时，只能随便捡出其中的几首，姑且谈谈个人的一点读后感。

先来介绍这首《菩萨蛮》。

事情应当追溯到南宋初年。高宗建炎三年（1129），金兵分两路南下，要消灭大江以南的小朝廷。他们以东路为主力，攻陷建康（今南京），直指临安（今杭州），目的是赵构这个新登基的皇帝。另一路从湖北进窥江西，目的在隆祐皇太后（哲宗的皇后，姓孟）。金兵这一路前锋一直进到泰和。当时官僚百姓纷纷南逃，万安、赣州一带沿路都挤满了难民，其中也有隆祐太后在内。情势是危急的，只是由于金兵忽然后撤，才算是脱了险（按，隆祐太后，据《宋史》。罗大经《鹤林玉露》作“隆裕太后”，恐误）。

辛弃疾写这首词，在淳熙二、三年间（1175—1176），上距这场战乱已是四十多年了。那时作者在江西任职，赣州西南的郁孤台和万安西南的造口，都是他到过的地方。

郁孤台是个平地崛起数丈的土山。《名胜志》云：“郁孤台一名贺兰山，在府治，丽谯坤维，百步隆阜，郁然孤峙，故名。唐李勉为刺史，更名望阙。“苏东坡有《虔州八境图》诗，第七首写郁孤台。王文诰《苏文忠公诗编注集成》云：“赵清献记云：‘望阙、郁孤，轩豁于前’。乃二台名，曹能始谓更名望阙者，讹也。”两说不知孰是。

苏东坡另有《郁孤台》诗，有句云：“山为翠浪涌，水作玉虹流。日丽崆峒晓，风酣章贡（二水名）秋。丹青未变叶，鳞甲欲生洲。岚气昏城树，滩声入市流。烟云侵岭路，草木半炎州。”可见此台附近的风景。辛弃疾此词上片从“郁孤台”写到“望长安”，似乎便带有李勉“望阙”的意思。

“郁孤台下清江水，中间多少行人泪”——登上郁孤台的人（“行人”指作者自己，但又不限于自己），怀古吊今，想起当年李勉还有长安宫阙可望，如今连汴京的宫阙都烟消灰灭了，谁能不惨目伤怀，把眼泪滴到江水下面呢！

“西北望长安，可怜无数山”——放眼西北，那是沦陷在敌人手中的中原地区，我也想看看如今故都汴京是个什么样子（长安，原是汉、唐建都之地，即今陕西省西安；但以后“长安”在诗词中常用以指代首都。这里的“长安”便是指北宋首都汴京）。可惜山岭重重，把我的视线阻挡住了。“无数山”，既是阻挡视线的山，又是想象中的中原大地的山；“可怜”，也有可爱的意思。这些可爱的群山，如今却已落在金人之手。两层意思彼此映射，作者的心情惨淡，可想而知。

“青山遮不住，毕竟东流去”——此句回应“清江水”。青山虽然遮住我的视线，却毕竟遮不断滔滔江水。它冲破重重障碍，终于向前滚滚流去。这两句是从“清江水”生发开来而又暗指自己的处境。清江水不断向东奔流，什么山都拦不住它；可是人却给拦住了。句中实在有无穷感慨。

“江晚正愁予，山深闻鹧鸪”——我如今怎么样？我从北方投奔回来，已经十多年过去了。当初原是指望借助朝廷的力量，建立一支强大的民众武装，在黄河南北打击敌人，收复失土，不料从此流滞南方，再也回去不得。当年的志愿，如今眼看越来越是渺茫，我真不如这清江之水，它还能自由地滚滚东流啊！“愁予”，初见《楚辞·九歌》：“帝子降兮北渚，目眇眇兮愁予。”陆机《思归赋》又有“风霏霏而入室，响淋淋而愁予”的话。是本人心中十分忧愁的意思。

黄昏日落，暮色苍茫，正在满怀愁绪的时候，却传来了山中一声声鹧鸪的啼叫，那声音正像是：“行不得也哥哥！”

在辛弃疾听起来，这种鹧鸪的啼声就像是朝廷里面的投降派的口吻。他们老是嚷个不停：“恢复之事，行不得也！行不得也！”罗大经《鹤林玉露》引此词并解释说：“‘闻鹧鸪’之句，谓恢复之事行不得也。”近人邓广铭反驳说：‘所谓‘山深闻鹧鸪’者，盖深虑白身恢复之志未必即得遂行，非谓恢复之事决行不得也。”①

他们纠集了一股庞大的势力，掌握了朝廷的大权，硬是长敌人的志气，灭自己的威风。其实生怕战争一打起来，又扰乱了他们的尊荣富贵，倒不如彼此相安无事更好。

听到连续不断的鹧鸪叫声，心情还能够不加倍沉重吗？

于是填了一首词，还奋笔把它写在造口的墙壁上。

①这自然比罗大经的解释合理。但个人以为这些鹧鸪之声应该是指投降派的叫嚷，因为这更近于作者写此词时的心情。把鸟儿的啼叫比喻为某一些人的叫嚷，这种手法并不是辛弃疾首创的。宋人吴曾《能改斋漫录》记载过一件事：南宋初年，汪藻在翰林院时，常常遭到谏官的弹劾，他十分不快，曾写了一首《点绛唇》，有“乱鸦啼后，归兴浓于酒”的句子。有人问他，为什么归兴要在乱鸦啼后？他答说：“无奈这一队畜生聒噪何！”这就是把鸦啼比作谏官的叫嚷。

摸鱼儿

淳熙己亥，自湖北漕[1]移湖南，同官王正之置酒小山亭，为赋。

更能消几番风雨，匆匆春又归去。惜春长怕花开早，何况落红无数！春且住！见说道、天涯芳草无归路。怨春不语。算只有殷勤，画檐蛛网，尽日惹飞絮。

长门事，准拟佳期又误。蛾眉曾有人妒。千金纵买相如赋，脉脉此情谁诉？君莫舞！君不见玉环飞燕皆尘土。闲愁最苦。休去倚危栏，斜阳正在、烟柳断肠处。

[1]漕——宋代转运使的简称。

淳熙六年己亥，是南宋孝宗即位后的第十七年。即1179年，辛弃疾在朝廷任职已有十八年之久。这十多年间，他东迁西调，席不暇暖，生活很不安定。淳熙五年（1178）他由江西安抚使转为湖北转运副使，还不到一年，忽又改为湖南转运副使，真是来去匆匆，使他思想上毫无准备。这次调动，内情如何，我们无法知道；但在辛弃疾看来，却是有人在孝宗皇帝跟前说了他什么坏话，所以才把他从湖北调开的。这使他十分不快。在同官王正之为他饯行的筵席上，他感触很深，即席挥毫写下这首《摸鱼儿》。

那是一个晚春天气，刚来过一场风雨，于是春天的气息又淡薄了几分。这使他的心头更添一层感慨。他觉得，用不着几番风雨，这春天就会一去无踪了。风雨就像是催归的无情使者，不把春天送走是不肯干休的。

春是什么？在这里，春是代表人间美好的事物，良好的愿望，却又实指不得。作者想的范围也许很宽广，但因不着迹象，我们只能够加以意会。

下面便突出一个“惜”字。由于爱惜春光，便害怕春光早逝，所以他又曾经怕春花开得太早，然而春天毕竟来得匆匆，去得匆匆，当到处是一片落花飞絮的景象时，春天显然已经无法停留，这便使人更觉得惋惜了。

那么，春要归向何处？他禁不住向春提出疑问。“见说道”是听说得；“天涯”是春要去的远处；“芳草”象征美好的事物。苏轼《蝶恋花》词“天涯何处无芳草”是情怀豁达的话；辛弃疾“天涯芳草无归路”，却是伤心的话了。既然“归路”是没有的，春又归向何处呢？而它偏又归去了！

“怨春不语”——提出疑问，却得不到任何解答，于是他只好默然埋怨这春之神。

如今，能把春的残余脚步留下来一点儿的是什么呢？那是粘在蜘蛛网上的一星半点的飞絮。那些挂在人家屋檐底下的蜘蛛儿也真算是殷勤的了，它们张开网儿，整天忙着兜揽那漫天飞舞的柳絮，仿佛怕春天去得一无踪影，硬是要把细碎的春痕保留一些下来。

上片，一层一折，一折一转，层层深入，把对春光的珍重、悼惜，写得情意缠绵，笔墨宛折。他是悼惜那大自然春天的消逝吗？是有那么一层意思；可是，说实在的，他是借春光作为比喻，抒发他对南宋朝政的不满。开头，朝廷上当权者似乎有点奋发有为的样子，不料政治上的风风雨雨，阴晴无定，转眼之间，便换了另一种气候，使有志之士不能不悲愤慨叹了。作者这层意思，是可以意会的。

下片，再通过一些典故的运用，进一步指出朝廷政治的败坏以及朝中小人的丑态。

“长门事”，是用汉武帝陈皇后的故事。据司马相如《长门》序说，陈皇后“得幸，颇妒。别在长门宫，愁闷悲思”。听说司马相如很会写文章，就叫人送去黄金百斤，请他“为文以悟主上”。司马相如为此写了《长门赋》。作者运用这个典故，是比喻有些臣子受到敌对者的打击陷害，因而皇帝对他疏远。“准拟佳期又误”，是说，像陈皇后这些不幸的人物，蛮想同皇帝恢复过去的关系，如今他们想望的“佳期”不知怎地又耽搁下来了。

为什么呢？因为“蛾眉曾有人妒”。这话来白屈原的《离骚》：“众女嫉余之蛾眉兮，谣诼谓予以善淫。”“蛾眉”原指容貌美好，后人诗词中常指品质高尚良善的人。南宋朝廷内部派系复杂，争权夺利，互相倾轧；加上利用最高统治者的阴暗心理，那些主和派人物更竭力迫害主战派，使不少善良的人无辜受害。他们纵使把司马相如的《长门赋》买了来，高高在上的皇帝便能回心转意吗？没有的事。“脉脉此情谁诉”，受陷害打击的人，只有把满腔冤苦吞下肚子里罢了。

这一段话，是指哪些人呢？我们虽然不必坐实便是辛弃疾本人，但辛氏在南宋朝廷里受到某些人的排挤打击，甚至造谣中伤，却是极有可能的。淳熙三年（1176），辛弃疾调任京西转运判官的时候，他的朋友罗愿送他一首诗，有句说：“公今有才气，功名安可涯。愿低湖海豪，磨砻益无瑕。”所谓“湖海豪”，是指他那不受羁勒的豪气；所谓“磨砻”，是劝他收敛锋芒。从这些话里，正可看出辛氏的艰危处境。

下面又是笔锋一转：“君莫舞！君不见玉环飞燕皆尘土。”是对那些在官场上扬扬得意的小人说的。争妍也罢，斗宠也罢，其实都不过是眼前的霎时光景。得意什么呢！你们不看杨玉环和赵飞燕，她们当日受到君王的宠爱，声势何其烜赫，如今又怎样？她们不是都已化成尘土了吗？话中含意非常冷峻，也是十分尖刻的。

“闲愁最苦”——这是一句总括，把上文的种种，归结为一个“苦”字。作者认为，这些事情不去想它也罢，因为这种局势是很难改变的。

结拍更抒发了作者的满腔怨愤：

“休去倚危栏，斜阳正在、烟柳断肠处”——为什么不要去倚那危栏（高楼上的栏杆）呢？因为一倚栏就会看到斜阳正留恋在那“烟柳断肠”的地方。这话的意思是说，自己实在不愿看那统治者一派醉生梦死的生活。

这个解释，相信会有人不同意。这里的关键在于“烟柳断肠”四字当如何理解。“断肠”，一般的解释是因愁苦而肠断，但正如“销魂”可以用于“黯然销魂者，唯别而已矣”。也可以用于“销魂当此际，香囊暗解，罗带轻分”。义正相反。“断肠”也有哀乐不同的二义。唐人刘希夷《公子行》诗：“可怜杨柳伤心树，可怜桃李断肠花。”从上下文看，句中的“伤心”“断肠”都和本意相反；杜甫《阆水歌》：“阆州胜事可肠断，阆州城南天下稀。”李商隐《柳》诗：“曾逐东风拂舞筵，乐游春苑断肠天。”韦庄《丙辰年鄜州遇寒食》诗：“肠断入城芳草路，淡红香白一群群。”以及卢仝《小妇吟》：“门边两相见，笑乐不可当。夫子于傍聊断肠。”都是把“断肠”作为欢乐的意思用。辛弃疾这里的“烟柳断肠处”也是说，那含烟带雾的杨柳，正是使人为之销魂荡魄的地方。同样作为欢乐的意思用的。然而，斜阳（太阳常常是比喻帝王的)偏偏就留恋在那个地方，那怎不令人丧气呢!(许昂霄《词综偶评》说："斜阳，以喻君也。")这样的一个结尾，在皇帝看来，当然是大不敬的。所以罗大经《鹤林玉露》说："闻寿皇(宋孝宗)见此词，颇不悦。"这位皇帝是看出此词内里的意思来的。南宋统治者留恋着江南的湖光山色，"直把杭州作汴州"，大有安居下去的决心，对于收复北部河山，已经越来越不感兴趣了。而这正是生长在北方的辛弃疾最感到痛心的。

这首词贯串着一位英雄人物对国事的忧危和怨愤，却写得如此宛转深沉，使人为之低回感慨，所以一向都获得好评。清人陈廷焯说："词意殊怨；然姿态飞动，极沉郁顿挫之致。"又说："怨而怒矣；然沉郁顿宕，笔势飞舞，千古所无春且住。"梁启超说："回肠荡气，至于此极。前无古人，后无来者。"评价很高，也是中肯的。

青玉案（元夕）

东风夜放花千树，更吹落，星如雨。宝马雕车香满路，凤箫声动，玉壶光转，一夜鱼龙舞。

蛾儿雪柳黄金缕，笑语盈盈暗香去。众里寻他千百度。蓦然[1]回首，那人却在，灯火阑珊[2]处。

[1]蓦（mò）然——猛然，突然。

[2]阑珊——衰落，零落。

这首词描绘了都市里的元宵景象，写了大街小巷的喧腾热闹，也写了作者看见的一位少女。其实，作者是在词里寄托了另外一层用意的。

宋代的大都市，特别是北宋汴京（今开封）和南宋临安（今杭州），由于城市经济的畸形发达，表面上显得一片繁荣。元宵节日，统治阶级趁机点缀升平，那热闹就更不要说了。满城张灯结彩，鼓乐喧天，车马交驰，到处人山人海。翻开《东京梦华录》等书，我们还能仿佛看到当年盛况之一二。词的上片，便是生动地描下了元宵的一幅景象。

“花千树”“星如雨”，指的都是花灯，是富豪之家为了争奇斗艳而精心制作出来的灯彩。有些像千万棵树上绽出来的瑰丽花朵，有些又像流星飘扬于夜空之中。《东京梦华录》说：“诸营班院……各以竹竿出灯球于半空，远近高低，若飞星然。”便是“星如雨”的注脚。

“宝马雕车香满路”，写一句大摆排场出来看灯的富贵人家。又是车，又是马，所过之处，连街道也充满了香气。

再下去，用“凤箫声动，玉壶光转，一夜鱼龙舞”三句，把城中的热闹景象着重再勾勒一笔。元宵的灯色，自然以皇城最为煊赫。我们不妨看看周密在《武林旧事》中的描述：“灯之品极多……其后福州所进则纯用白玉，晃耀夺目，如清冰玉壶，爽彻心目。”这正是“玉壶光转”的注脚。“禁中尝令作灯山，其高五丈……又于殿堂梁栋户间为涌壁，作诸色故事，龙凤噀水，蜿蜒如生。遂为诸灯之冠。”这又是

“鱼龙舞”的注脚。“仙韶内人迭奏新曲，声闻人间。”则是“凤箫声动”的说明了。

封建统治者的豪华奢侈是惊人的，尽管已经晏安江左，过了长江便可以看到敌人戎马驰骤，依然不肯放过一个可以享乐的机会。作者这样来铺叙，并不是没有用意的。

《四库全书总目提要》对《武林旧事》评价时就曾指出：“而湖山歌舞，靡丽纷华，著其盛，正著其所以衰。遗老故臣恻恻兴亡之隐，实曲寄于言外。”这首词上片作了如此浓重的描写，正是隐含贬义；同时也为下片的另一境界树起一个很强的对立面。

下片是耐人寻味的一幅彩绘。

人丛中忽然出现一位少女，头上戴着节日的装饰（闹蛾儿和雪柳，是元宵节日妇女戴在头上的饰物，什么样子现在已经弄不清楚。参看本册李清照《永遇乐》词释。词中这句是以饰物指代人，在修辞上叫借代。）和同伴笑着说着，轻盈地掠过他的身旁，空气中隐约飘过来一阵香味。可是转眼之间，她便消失在人丛之中了。他把她找了很久。起初，以为她一定和大伙一起凑着热闹，不想后来猛地回头，才发现她悄然站在灯火零落、游人稀疏的所在……

这可能是作者给自己制造的一个幻景罢了；虽然也不排斥他偶然碰见如此的一幕。这点不关重要，因为词中的这位少女，已经成为作者的一种感情的化身，她本身并不是以独立的资格出现的。

事情很明白。那时南宋朝廷主张对外屈辱投降的一派得势，而坚持抗战的一派是失意的。前一派人，忙的是歌舞湖山，怕的是“和盟”破坏，千方百计要排斥后一派人。这不能不引起作者的愤慨。因此他在词中铺张了元宵的繁华之后，忽然转过笔头，特意塑造了一个异于那群醉生梦死之徒的少女形象。这姑娘是美丽的，又是高洁的。正如屈原以美人香草作为寄托一样，作者也把微意寄托在人物身上。姑娘的影子正是作者本人。

《西游记》里的孙悟空善于运用元神出窍的手段，让自己的元神从高处向下俯视着自己，于是形象显得分外清楚。这里作者也是在俯视自己。“笑语盈盈暗香去”，自己的灵魂是美丽的。“却在灯火阑珊处”，是不愿同那些醉生梦死之徒胡混着过日子的。这一含义，只因运用了“离魂”的技巧，便显得形象生动，给人以很大的寻味的余地了。

沁园春（灵山齐庵赋，时筑偃湖未成）

叠嶂西驰，万马回旋，众山欲东。正惊湍直下，跳珠倒溅；小桥流水，缺月初弓。老合投闲，天教多事，检校[1]长身十万松。吾庐小，在龙蛇影[2]外，风雨声中。

争先见面重重，看爽气朝来三数峰。似谢家子弟，衣冠磊落[3]；相如庭户，车骑雍容[4]。我觉其间，雄深雅健[5]，如对文章太史公。新堤路，问偃湖何日，烟水蒙蒙？

[1]检校——查察。隋炀帝《遣使巡省方俗诏》："虽有侍养之名，曾无赒赡之实，明加检校，使得存养。"词中有察看、管理之意。

[2]龙蛇影——松树的枝干曲折蜿蜒有如龙蛇。苏轼《戏作种松》诗："我昔少年日，种松满东岗……不见十余年，想作龙蛇长。"

[3]磊落——神态俊伟。句指衣冠整洁使神态更为俊伟。

[4]雍容——态度从容不迫。《史记·司马相如传》："相如之临邛，从车骑雍容闲雅甚都。"

[5]雄深雅健——《新唐书·柳宗元传》："（宗元）其才实高，名盖一时。韩愈评其文曰：雄深雅健，似司马子长。"司马迁，字子长。

诗人往往是喜欢驰骋想象的。

但是驰骋想象，首先得有艺术修养。没有绘画的艺术修养（或鉴赏能力），没有音乐的艺术修养（或鉴赏能力）的人，很难在符合艺术规律的范围内去驰骋想象，因为找不到一个立脚点。在诗词中驰骋想象也一样，没有文艺的修养，单凭胡思乱想，写不出好作品来，也很难说得上真正能欣赏别人的作品。

在文艺作品中驰骋想象，要受到艺术规律的制约，而艺术规律只有从艺术修养中得到。

这种修养又不是从天上掉下来的，只能多读多看，多接触社会生活。

我们细读辛弃疾这首词，便可以看出他如何驰骋想象，以及捕捉形象的本领。

辛弃疾四十二岁以后，曾罢职闲居十年之久，其间曾卜居于江西上饶县，所居附近有带湖之胜；到五十六岁时，又再罢官归来，另在铅山县期思市建筑新居，铅山东面便是上饶，境内灵山是一座大山，“高千有余丈，绵亘百余里”（《广信府志》）。辛弃疾在齐庵地方建了一座草堂。此词正是描写灵山齐庵一带风光。

这一带地方最惹人注目的是山。因此作者便从描摹眼前那一列山峦着手。

开头三句，写的是群山的气势和它们的动态：远处那一带峰峦，一层叠一层，一山接一山，你挤我拥，从东向西奔驰而来。仿佛是集中了一万匹骏马，飞腾着，追逐着，连绵不断，气势惊人。它们奔驰到离诗人眼前不远之处，却猛地兜转了身，扭头伸颈，朝向东方，那姿态是要转回原路去了。

于是在齐庵面前，便呈现了群山飞腾回旋的壮观。

这样来写灵山那簇拥着的峰峦的态势，真可说是笔墨淋漓，形象生动，气势不凡。

山本来不会走动，如今偏说它在“奔驰”，而且是向西奔驰，这是作者把群山想象为群马。作者曾带领过马队作战，那战马奔腾的形象，平日已十分熟悉，如今看那群山的气势，很像自己久已印在心中目下的马群，于是自然地写出“叠嶂西驰，万马回旋”两句生动的比拟来。这样下笔便显得落想不凡，笔墨飞舞。

下面画面一转。作者从近景落笔，细致地写出齐庵四面的美好景色：

“正惊湍直下，跳珠倒溅”——这是从山上下来的一道湍急的瀑布，白练一匹，水花万点。

“小桥横截，缺月初弓”——这是横跨在溪流上像一弯新月的板桥。

“老合投闲，天教多事”——转一笔，抒发感情：大抵人已经老了吧！人老了就应该投闲置散了吧——这里明显看出有点发牢骚；可是老天爷却不肯让自己闲下来。

“检校长身十万松”——老天爷给自己干些什么呢？是管理那些伸着长长的腰杆的松树。那数量居然还有十万之多。回想自己从前行军打仗，不是曾带领过十万“貔貅”吗？而今不过把“貔貅”变成十万松树罢了。

句中用“检校”二字，又确是当过官的人的本色。“检校”原来是考核的意思。晋置检校御史，是监察御史的前身；唐、宋均有检校官，是属于加衔的。如今作者说：我检校的只有松树，言外之意，不甘心于投闲置散，用意很明显。

“吾庐小”三句，以小景反衬大景。我住的房子固然很小，可是四面都长满松树，松树的枝干映着日光，投下了无数如龙似蛇蜿蜿游动的影子；松涛发出宛如狂风骤雨的声音，这些声音简直要把草堂重重包围起来。

这样，一座小房子就不觉其小，反而是很有气势了。这也显出作者处处不脱其英雄本色。

上片是先写远景大景，次写中景近景，然后拉到自己周围。层次分明，形象丰满。

转入下片，作者就集中笔墨，着力去写那最精彩的“三数峰”。

这几座山峰对这位诗人似乎特别亲热。每天早上，当晨雾逐步消失的时候，它们就都带着清爽的气息争着同诗人见面。

它们的风度也是不同凡响的。

有时候，诗人觉得这几座峰峦正像晋朝谢安的子弟（也许其中既有谢玄，也有谢石，他们曾经在淝水之战中打败苻坚的几十万大军），风度翩翩，衣冠楚楚，神情磊落，和那些庸俗的贵家子弟硬是不同。

有时候，它们却又像汉朝著名文学家司马相如的随从，不论是控着马拿着鞭，还是守立在车子上，都显得那么从容不迫，温文尔雅。

可是诗人认为这还不够确切。他把想象力伸展得很远很远：

这几座山峰，仔细品评，它们既是雄浑的，又是深秀的；既有文雅的风度，又呈现刚强的气势。这样的峰峦啊，简直就是汉朝的太史公司马迁写的文章，它能使人百读不厌，这些峰峦同样也使人欣赏不厌。

这真是对山的高度赞美。我们如果读过宋人王十朋的《诗史堂荔枝歌》，准会对于他拿杜甫的诗歌比喻荔枝的风味感到惊奇。诗是这样的：

少陵伤时泪成血，一点丹心不磨灭。散成朱实满炎方，风味如诗两奇绝。

但这还是因成都的杜甫草堂种了荔枝，由此获得触发；而宋人方岳的《食荔枝》诗就凭空而来了：

风枝露叶走筠笼，玉润冰寒擘绉红。自往胸中评史记，久闻格调略相同。

居然以荔枝比拟司马迁的《史记》，不知道他是不是从辛弃疾这首词学过来的。如果荔枝是有智力的，它也会感到惊奇的吧！

在高度赞美灵山齐庵的山容之后，诗人觉得美中还有不足之处，那便是山多而水少。他希望在这里有一个湖泊。他已经在山下修筑了一道新堤了，可是打算开凿的堰湖还没有完成。他最后就以提问题作为结束："新堤路，问偃湖何日，烟水蒙蒙？"

用力写了群山之后，回过头来，捎带一笔湖水，可说是照顾周到了。不过也由此悟出行文的一种手法，就是有主有宾。山是主，水是宾；山写得着重，水只是略带一笔；山写得实在，水写得空灵；写山富于想象，写水不作想象。这些都是所谓文章的"一虚一实"，读者是不可不注意的。

鹧鸪天

有客慨然谈功名，因追念少年时事，戏作。

壮岁旌旗拥万夫，锦襜[1]突骑渡江初。燕兵[2]夜娖银胡䩮，汉箭朝飞金仆姑[3]。

追往事，叹今吾。春风不染白髭须。都将万字平戎策，换得东家种树书[4]。

[1]锦襜（chān搀）锦织的襜褕。襜褕，短衣，武人所服。

[2]燕兵——此指北方的金兵。

[3]金仆姑——箭名。《左传·庄十一年》：“公以金仆姑射南宫长万。”

[4]种树书——《史记·秦始皇本纪》：“所不去者，医药卜筮种树之书。”

这是辛弃疾晚年的作品，那时他正在家中闲居。

一个老英雄，由于朝廷对外坚持投降政策，只落得投闲置散，避世隐居，心情的矛盾苦闷当然可以想见。忽然有人在他跟前慷慨激昂地大谈功名事业，这位老英雄禁不住又慨叹又有点好笑了。想起自己当年何尝不是如此满腔热血，以为天下事情容易得很，哪里知道并非如此呢！

此词上片忆旧，下片感今。上片追摹青年时代一段得意的经历，激昂发越，声情并茂。下片转把如今废置闲居、髀肉复生的情状委曲传出。前后对照，感慨淋漓，而作者关注民族命运，不因衰老之年而有所减损，这种精神也渗透在字里行间。

辛弃疾二十二岁时，投入山东忠义军耿京幕下任掌书记。那是宋高宗绍兴三十一年（1161）。这一年金主完颜亮大举南侵，宋金两军战于江淮之间。明年春，辛弃疾奉表归宋，目的是使忠义军与南宋政府取得正式联系。不料他完成任务北还时，在海州就听说叛徒张安国已暗杀了耿京，投降金人。辛弃疾立即带了五十余骑，连夜奔袭金营，突入敌人营中，擒了张安国，日夜兼程南奔，将张安国押送到行在所，明正国法。这一英勇果敢的行动，震惊了敌人，大大鼓舞了南方士气。

上片追述的就是这一件事。“壮岁”句说他在耿京幕下任职（他自己开头也组织了一支游击队伍，手下有两千人）。

“锦襜突骑”，也就是锦衣快马，属于侠士的打扮。“渡江初”，指擒了张安国渡江南下。

然后用色彩浓烈的笔墨描写擒拿叛徒的经过：

“汉箭朝飞金仆姑”，自然是指远途奔袭敌人。大抵在这次奔袭之中，弓箭（“金仆姑”是古代有名的箭，见《左传》）曾发挥过有力的作用，所以才拿它进行艺术概括。

至于“夜娖银胡簶”，却要费一些考证。

胡簶是装箭的箭筒。古代箭筒多用革制，它除了装箭之外，还另有一种用途，夜间可以探测远处的音响。唐人杜佑《通典》卷一五二《守拒法》说：“令人枕空胡禄卧，有人马行三十里外，东西南北皆响见于胡禄中。名曰地听，则先防备。”宋人《武经备要前集》卷六说法相同：“犹虑探听之不远，故又选耳聪少睡者，令卧地枕空胡鹿——必以野猪皮为之——凡人马行在三十里外，东西南北皆响闻其中。”胡禄、胡鹿、胡簶，写法不同，音义则一。“娖”（chuò绰），《说文》：“谨也”。是小心翼翼的意思。这里作动词用，可以释为戒备着。“燕兵”自然指金兵。燕本是战国七雄之一，据有今河北北部、辽宁西部一带地方。五代时属契丹，北宋时属辽，沦入胡人已久。所以决不是指宋兵。由于辛弃疾远道奔袭，擒了叛徒，给金人以重大打击，金兵不得不加强探听，小心戒备（这两句若释为：“尽管敌人戒备森严，弃疾等仍能突袭成功。”也未尝不可）。“夜娖银胡簶”便是这个意思。

这是一段得意的回忆。作者只用四句话，就把一个少年英雄的形象生动地描绘出来。

下片却是眼前情况，对比强烈。“春风不染白髭须”，人已经老了。但问题不在于老，而在于“都将万字平戎策，换得东家种树书”。本来，自己有一套抗战计划，不止一次向朝廷提出过（现在他的文集中还存有《美芹十论》《九议》等，都是这一类建议，也就是所谓“平戎策”）却没有得到重视。如今连自己都受到朝廷中某些人物的排挤，平戎策换来了种树的书（暗指自己废置家居）。少年时候那种抱负，只落得一场可笑可叹的结果了。

由于它是紧紧糅和着对民族命运的关怀而写的，因此就与只是个人的叹老嗟卑不同。正如陆游所说的：“报国欲死无战场”，是爱国者共同的悲慨。

贺新郎（别茂嘉十二弟）

绿树听鹈鴂，更那堪、鹧鸪声住，杜鹃声切？啼到春归无寻处，苦恨芳菲都歇。算未抵人间离别。马上琵琶关塞黑，更长门翠辇辞金阙。看燕燕，送归妾。

将军百战身名裂，向河梁、回头万里，故人长绝。易水萧萧西风冷，满座衣冠似雪，正壮士悲歌未彻：啼鸟还知如许恨，料不啼清泪长啼血。谁共我，醉明月？

这是辛弃疾很著名的一首词，但前人对它的评价颇有不同。王国维在《人间词话》说："稼轩《贺新郎》词（送茂嘉十二弟），章法绝妙，且语语有境界，此能品而几于神者。然非有意为之，故后人不能学也。"清人刘体仁却说："稼轩词'杯汝来前'，《毛颖传》也；'谁共我，醉明月'，《恨赋》也。皆非倚声本色。"（见《七颂堂词绎》）他以为辛词的前一首不过仿效韩愈的《毛颖传》，后一首又无非仿效江淹的《恨赋》，写词是不应如此的。这话反映了他的偏见。不知辛弃疾正是有意去打破这种所谓"本色"，在词坛中进行大胆的尝试和创新。若以《花间》《尊前》的风格去限制辛弃疾，适足为辛氏所笑而已。

这首《贺新郎》的写法确是前辈词人所未有的。词中罗列许多离别的故事，彼此之间似乎没有必然的联系，而且同茂嘉十二弟更无关涉，手法确是特殊。应该怎样理解它的艺术特色呢？

前人评释虽多，我以为还是刘永缙《读辛稼轩送茂嘉十二弟之〈贺新郎〉词书后》解释基本中肯，虽然还有可以补充的地方。

刘氏认为，这首《贺新郎》的写法来源于唐人的"赋得体"。唐诗中有"赋得"某某的一种格式，赠别诗中也常用到这种格式。如韦应物《赋得暮雨送李胄》云："楚江微雨里，建业暮钟时。漠漠帆来重，冥冥鸟去迟。海门深不见，浦树远含滋。相送情无限，沾襟比散丝。"高適《送刘评事充朔方判官赋得征马嘶》云："征马向边州，萧萧嘶不休。思深应带别，声断为兼秋。歧路风将远，关山月共愁。赠君从此去，何日大刀头？"韦诗有六句赋雨，高诗中四句征马与送友两面夹写，都是到结句才表出赠别之意。稼轩此词也是到结句才点出送行之意。又李商隐《泪》诗云：“永巷长年怨绮罗，离情终日思风波。湘江竹上痕无限，岘首碑前洒几多？人去紫台秋入塞，兵残楚帐夜闻歌。朝来灞水桥边问，未抵青袍送玉珂。”诗题只是一个“泪”字，其实也是赋得泪来送别。诗里列举古人挥泪的六件事，每句一事，彼此并无联系，到结末两句才表出送别之意，打破前人律诗起承转合的成规。稼轩这首词列举几件别恨，也打破前后两阕的成规，彼此是很相似的。又，李诗用“未抵”二字来承上作结，辛词用“未抵”二字承上“啼鸟”，并起下别恨；李诗典故在前，辛词典故在后，这又是有继承又有变化的。

以上是刘氏该文的节略详见邓广铭《稼轩词编年笺注》卷四附录。

这可以说是找出了辛词这种写法的来历和继承关系了。在辛弃疾的词集里，这种手法还不止一首。例如也是《贺新郎》（凤尾龙香拨），题曰“听琵琶”，也用“赋得体”，所以梁启超说它“琵琶故事，网罗胪列，乱杂无章，殆如一团野草。”（见《艺蘅馆词选》）但是刘氏举出李商隐《泪》诗，认为是赋得泪来送别，却是可以商榷的。《泪》诗是赋得泪，却没有送别之意。“朝来灞水桥边问”两句，是说最让人伤心掉泪的，无过于穿青袍的下级僚吏去灞桥给那些高官显宦送行了！这一群如此卑躬屈节，那一个如此气焰熏天，看了简直使人为之痛哭呵！这是作者对自己沉沦于下僚、有才难展的深沉慨叹，而不是真正去送某上司时掉下眼泪来。这是想补充的一点。

辛弃疾以一个爱国者的身份，从沦陷了的北方（他是山东济南人）建节南归。他少年时代在沦陷区生活，耳闻目睹了在敌人铁蹄下出现的许多惨痛事实：不知多少人在这场民族大灾难中或是生离，或是死别；也不知多少人痛苦到泪尽继之以血。如今，不过是兄弟之间的暂时分手，算得上怎么回事呢？

这是本词历述许多历史上的诀别，而对茂嘉十二弟之别，仅仅捎带一笔的原因。

作者一开头用三种鸟的啼叫为下文先作铺垫。一种鸟是鹈鴂，即伯劳[①]，一种鸟是鹧鸪，一种鸟是杜鹃。古人讨厌伯劳的鸣叫。《渊鉴类函》引《梦书》说："伯劳为忧口舌，声可恶也。"鹧鸪的啼声，俗说像是"行不得也哥哥"。杜鹃相传是啼至口中出血的鸟，声音就像"不如归去"。这三种鸟儿不停地啼叫，此伏彼起，使人听了心里发愁，所以句中有"更那堪"的话。

这些鸟儿直啼唤到春天归去了，它们还要啼叫什么呢？它们都在痛惜百花的凋残吧？

鸟儿们只知道痛惜百花凋零，却不知人世间的离别是更加使人痛苦的。"算未抵人间离别"，一句兜转过来，下面便把人间的恨事，逐一罗列。

我们且看这位满腔悲愤的词人是怎样列举人间的别恨的：

"马上琵琶关塞黑"——汉代王昭君远嫁匈奴，想象她离乡背井，远赴荒漠，在马上弹琵琶时的心情，该是如何凄苦！

“更长门翠辇辞金阙”——汉武帝的陈皇后失宠以后，退居长门宫，她从尊贵的地位跌落下来，离开了紫阙金殿，那景况真是凄凉。

“看燕燕，送归妾”——春秋时代，卫庄公的妾戴妫养了一个儿子，名叫完，卫庄公把完当作自己的儿子。庄公死后，完继立为君，却被臣下州吁杀死。戴妫被追回娘家去。庄姜亲自给她送行，两人临别痛哭，至今流传下一首《燕燕》诗。这是又一种痛苦的离别。

至此，上片完了，但作者的文意未完，笔势并没有为此停住。

“将军百战身名裂……”——汉将军李陵苦战兵败，投降匈奴；后来留在北方的苏武南还了，李陵为他饯行，在河桥分手的时候，对苏武说：“异域之人，一别长绝。”这是陷身异域的朋友的生死诀别。

“易水萧萧西风冷……”——战国时，荆轲受燕太子丹的委托，入秦行刺秦王。在易水边上，朋友们白衣冠送行，荆轲唱着壮别的歌：“风萧萧兮易水寒，壮士一去兮不复还。”这是另一场“一去不还”的悲壮的离别。

作者一一叙述了五种不同人物、不同情况的离别，认为都是人间最悲惨的。他们或是长辞自己的国家，或是失去了尊贵的位置，或是由于死去最亲近的人，或是沦落在异国，有些人则是为了慷慨赴义。历史上这些痛苦的离别，长久地震撼着人心，也咬啮着人心。

不料历史上这许多惨别，在一个极短时间内全降临到汉民族的头上了！自从靖康年间女真族人南侵以来，历史上的惨剧重新一幕幕又在重演。

看吧！汴京沦陷，徽、钦二帝当了俘虏，数以千计的妃嫔宫娥全部被金人掳掠北去，从此流落异国。这不比“马上琵琶关塞黑”的旧事更加悲惨百倍么！

皇帝被囚禁了，皇后也成为阶下之囚，许多龙子龙孙一个个从宝座上跌落下来，沦为敌人的奴隶。对比起来，陈皇后仅仅贬入长门宫，还算是幸运的呵！

中原沦陷，多少人骨肉流离，家破人亡。像卫庄姜和戴妫的悲惨故事，到处都在重演。

中原沦陷，许多文武官员流落异国，或在沦陷地区过着屈辱的生活，他们也和李陵、苏武一样，或则是“百战身名裂”，或则是“故人长绝”。

中原沦陷，不甘于亡国的仁人义士，弃家别友，深入敌人占领区开展武装斗争（当年山东、河北许多忠义军人马就都是这样的），比之荆轲入秦，情景更为壮烈。他们慷慨与亲友分手，分明又是一阕“易水哀歌”。

唉！这种种悲惨的离别，在旦夕之间到处涌现，大量重演，假如啼鸟还真个懂得人间恨事的话，它们将不是啼出眼泪而是啼出鲜血来了。细看这两句，我们就更加知道作者指的是当前的现实，而不是追忆历史。

如今茂嘉弟走了，他走后，有谁陪我在明月之下，喝酒谈心，议论这许多人世间的恨事呢——作者没有在这上面多费笔墨，那理由，前面已经说过了。

在这首词中，作者是借着一个题目，来抒发家国兴亡之感。由于南宋小朝廷以偏安求和为上策，对于从皇族到小民所受的无数屈辱，或则淡忘，或则故意掩饰，大江以南，早是一片升平气象。然而，辛弃疾偏偏没有忘记，还再三在他的作品中提出来。这也许正是他受到南宋小朝廷的当国者切齿痛恨的原因吧！

①鹈鴂（tíjué）——一般都认为就是杜鹃。作者在自注中说"鹈鴂、杜鹃实两种。见《离骚补注》。"查洪兴祖《离骚补注》引《尔雅》，认为鹈鴂就是鵙（jué），又叫伯赵。伯赵就是伯劳，同杜鹃自然不一样。

水龙吟

爱李延年歌、淳于髡语，合为词，庶几《高唐》《神女》《洛神赋》之意云。

昔时曾有佳人，翩然绝世而独立。未论一顾倾城，再顾又倾人国。宁不知其、倾城倾国，佳人难得[1]。看行云行雨[2]，朝朝暮暮，阳台下，襄王侧。

堂上更阑烛灭，记主人、留髡送客[3]。合尊促坐，罗襦襟解，微闻芗泽。当此之时，止乎礼义，不淫其色[4]。但啜其泣矣，啜其泣矣，又何嗟及[5]！

[1]昔时曾有佳人——《汉书·外戚传》："李延年性知音，善歌舞。武帝爱之。尝侍上，起舞而歌曰：北方有佳人，绝世而独立。一顾倾人城，再顾倾人国。宁不知倾城与倾国，佳人难再得。"

[2]行云行雨——宋玉《高唐赋》："昔者先王尝游高唐，怠而昼寝，梦见一妇人曰：妾巫山之女也，为高唐之客。闻君游高唐，愿荐枕席。王因幸之。去而辞曰：妾在巫山之阳，高丘之阻，旦为朝云，暮为行雨，朝朝暮暮，阳台之下。"

[3]留髡送客——《史记·滑稽列传》："淳于髡者，齐之赘婿也。长不满七尺滑稽多辩。数使诸侯，未尝屈辱……威王大悦，置酒后宫，召髡，赐之酒，问曰：先生能饮几何而醉？对曰：臣饮一斗亦醉，一石亦醉……日暮酒阑，合尊促坐，男女同席，履舄交错，杯盘狼藉，堂上烛灭，主人留髡而送客，罗襦襟解，微闻芗（xiāng）泽。当此之时，髡心最欢，能饮一石。"

[4]止乎礼义——《毛诗·关雎传序》："故变风发乎情，止乎礼义……忧在进贤，不淫其色。"

[5]啜其泣矣——《诗·王风·中谷》："中谷有蓷，暵其湿矣。有女仳离，啜其泣矣！啜其泣矣，何嗟及矣！"

宋人填词，不怕照抄唐代诗人的句子，也没有人指摘这是“偷古人句”，可以说是“立法甚宽”。所以贺铸写《行路难》（小梅花）时，照抄李白、李益、李贺、韩综的诗句，组织成篇，不仅毫不脸红，而且居然还说“吾笔端驱使李商隐、温庭筠，常奔命不暇”。周邦彦善于运化唐诗，陈振孙于是称赞他“多用唐人诗语，隐栝入律，浑然天成。”沈义父也说周邦彦“下字运意，皆有法度，往往自唐宋诸贤诗句中来。”抄句不算坏事，甚至还是一种本领。其他文体似乎还享受不到如此破格的宽容哩！

当时人的看法既是如此，到了辛弃疾手里，索性就大做起来。“稼轩词别开天地，横绝古今，《论》《孟》《诗小序》《左氏春秋》《南华》《离骚》《史》《汉》《世说》《选》学、李、杜诗，拉杂运用，弥见其笔力之峭。”（吴衡照《莲子居词话》）他不仅在词里大量运用这些古代的散文、诗、赋，并且运用得十分灵活，富于变化，使之具有新的生命。他最突出的一点是能够做到使古人为我所用，而不是抄袭拼凑。我们从这首《水龙吟》中，便分明看出这一特色。

这首词，没有一句话是辛氏自己的创作，真可以说是另一种形式的“集句”（见注文）。

竟然都是古人的话！我们真有点替作者担心：从前有些家无长物的穷汉，有时为了撑撑门面，东家借一件长袍，西家借一顶帽子，南家借靴，北家借裤，把自己打扮一番。可是这样拼凑起来的一个人，会像什么样子呢？怕会成为谁也不认识的“四不像”吧！

其实问题不在于借与不借。假如借贷者不是家无长物的穷汉，而是“长袖善舞”的大贾，情况就不同了。东西虽然都是借来的，却没有使他穿戴起来局促不安、举止失措；相反，他的精神面貌同样会显得活泼而鲜明。可见关键不在于是否“借”。

我们说，辛弃疾也是有这种本领的。但这个结论自然需要进一步加以说明。

辛弃疾这首词是有所寄寓的。

事情须从当时的政治情势说起。

南宋小朝廷偏安江南，而北方广大地区汉人却呻吟于金人的铁蹄之下。是积极进行收复中原的工作，还是苟且偷安，对敌屈服妥协？正是摆在南宋君臣面前的第一主题。在这个主题面前，划分出两派人物：抗战派和主和派。朝廷上，所谓“最高一人”的高宗赵构，我们都知道是个什么货色，无须多作介绍；便是第二任的孝宗赵昚，似乎在和战之间左右摇摆，举棋不定，实际上还是认为偏安一隅是更为稳当的。所以主张北伐的名将张浚，一旦在苻离之役受到挫折，马上就被斥出政府；此后的四十多年，直到韩侂胄北伐之前，皇帝换了两个，可就不曾有过较大的一次军事行动。

不幸辛弃疾一生最重要的活动时期，恰好介于苻离之战和韩侂胄北伐这四十多年间，也正是主和派得意扬扬、官僚们歌舞湖山的时候。一方面的人得势了，当然就排斥另一方，所以主张北伐收复失地的人，即使不致遭受贬逐，也是被摒于无所作为之地。辛弃疾本人就是一个好例。他在南归四十多年中，就有二十年被迫赋闲家居；朝廷即使授予官职，也是东迁西调，使他难以有所建树。朝廷上两派人物，受着两种截然不同的待遇，当时谁也看得清清楚楚。

这首《水龙吟》便是运用讽寓的手法，来刻画这两种人物所受的不同待遇。

上片的那个“佳人”，是君王所宠幸的。为什么要宠爱她呢？因为她“绝世独立”，换句话说，是敢于犯天下的大不韪，力主对敌屈辱投降。这个“佳人”，大家都知道她能够“倾人之城，倾人之国”，也就是可以导致亡国覆家的地步，可是君王却全不计较这个，反而认为她是“难得”的人物，对她宠眷不衰。

试看这位“佳人”所受的宠遇吧。她就像宋玉笔下那个巫山神女，“朝为行云，暮为行雨，朝朝暮暮，阳台之下”。一直留在君王的身边，受到无比的信任。

这样的一大段描写，当然不是为了复述汉武帝和李夫人的故事，也不是重复宋玉的《高唐赋》（那是绝无意义，也无必要的），它的矛头所指，乃是以秦桧为代表的那一派人物。这一派人物因为投合了君王的心意，自然就大受宠幸，尽管他们的所作所为足以“倾城倾国”（以后的历史已经证实了这一点），君王也毫不在乎。

转入下片，却又出现了另一种人。辛弃疾用淳于髡来做代表。

淳于髡是个什么人呢？《史记》把他安插在《滑稽列传》中。其实他是个很有本领的人。他“滑稽多辩，数使诸侯，未尝屈辱”。齐威王

“好为淫乐长夜之饮，沈湎不治，委政卿大夫，百官荒乱，诸侯并侵，国且危亡，在于旦暮”，他敢于犯颜进谏。楚国发兵攻齐，他奉命出使赵国请求救兵，迫使楚军半夜退走。

据《史记》记载，淳于髡计退楚军之后，齐威王大悦，“置酒后宫，召髡赐之酒”，于是淳于髡乘机进谏，劝威王停止“长夜之饮”，而威王果然接受了。但是辛弃疾引用这个故事，并不是原样照搬，而是另有深意。

这是南宋朝廷上另一种人物，他们是有本领的，可是君王并不需要这种本领，只是在“长夜之饮”的时候，邀他也来参加一份，到“更阑烛灭”之时，还特地把他留下；为了拉他同流合污，甚至让他“合尊促坐，罗襦襟解，微闻芗泽”。不料只因他“止乎礼义，不淫其色”，也就是坚持自己的主张，不肯在政治上与前者同流合污，其结果，便落了个“啜其泣矣，啜其泣矣”的下场。

这样解释这首作品，决不是任意附会的。

王炎就是其中一个例子。宋孝宗乾道五年（1169），参知政事王炎出任四川宣抚使。他是主张从川北、陕南出兵，首先收复关中，然后以关中为根据地，进一步进取中原。乾道七年（1171）七月，孝宗忽然对他表示十分信任，拜为枢密使仍兼四川宣抚使。枢密使是掌管军事的宰相。这个任命，颇使人出于意外，连宰相虞允文也感到困惑不解。不料正如大诗人陆游所慨叹的：“不如意事常千万，空想先锋宿渭桥。”乾道八年（1172）九月，正当王炎在陕南积极筹备军事行动的时候，孝宗突然来个一百八十度的转变，把王炎的四川宣抚使撤销，调回临安枢密院。于是前线军事行动随之瓦解。过了五个月，王炎连枢密使的官也丢了。这件怪事，不是很像词里说的，忽而"留髡送客"，忽又"啜其泣矣"那种情状吗?

到了淳熙五年(1178)，王炎逝世。消息传到辛弃疾耳里。据辛弃疾说："坐客终夕为兴门户之叹。"(见《水调歌头》"我饮不须劝"词序)什么叫"门户"？用现代语说，就是派系。他们以为王炎的失败，是由于派系斗争的失败，其实在派系斗争后面还存在着一个更重要的背景，那就是孝宗的倾向。

现在我们可以看到了，辛弃疾虽然把别人的东西借过来，可是这些东西穿戴在他身上，却出现了异样光彩，仿佛退了色的衣服重新鲜艳起来，发了黄的珠翠重新显出光泽。这决不是用什么"点铁成金"的比喻能够解释的。可以这样打个比喻：作者把这些旧的东西拿过来，注进了新的生命，给予了新的灵魂，让它在新的环境下表演一场现代剧。那些斑斓的古代衣冠，能使被嘲笑的统治者眼睛迷糊，而真正欣赏的人却能通过那些富于暗示力的动作，领会它那深刻的含义，并且为之击节称叹。

汉宫春（立春日）

春已归来，看美人头上，袅袅春幡[1]。无端风雨，未肯收尽余寒。年时燕子[2]，料今宵梦到西园。浑未办、黄柑荐酒，更传青韭堆盘[3]？

却笑东风从此，便薰梅染柳，更没些闲。闲时又来镜里，转变朱颜。清愁不断，问何人会解连环[4]？生怕见花开花落，朝来塞雁先还。

[1]春幡——《岁时风土记》："立春之日，士大夫之家，剪彩为小幡，或悬于家人之头，或缀于花枝之下。"

[2]年时燕子——从前来过的燕子。

[3]黄柑、青韭——苏轼诗："辛盘得青韭，腊酒是黄柑。"

[4]连环——《庄子·天下》："连环可解也。"《战国策·齐策》："秦昭王尝遣使者遗君王后玉连环，曰：齐多智，而解此环否？君王后以示群臣，群臣不知解。君王后引锥椎破之，谢秦使曰：谨以解矣。"

这首词不知道作者是在哪一年写的。从内容看，情绪极为愤懑，用笔却深沉曲折。有些词选家也没有把它完全弄懂，以为作者是想到“五国城旧恨”和“党祸”。其实词中并没有牵涉如此之广。它从立春起兴，想到故都，想到自己平白浪费光阴，对统治集团的歌舞湖山投出强烈的冷嘲，是一篇讽刺作用很强的作品。

开头两句，点出立春。古代的风俗，立春那天，民间剪裁做人形或燕子形，戴在头上，这种东西叫做春幡，又叫幡胜。宋代皇帝还向百官赐金银幡胜，让他们戴着回家。后来虽然逃到杭州，旧例还是沿袭下来。作者说，一看到美人头上摇摆着的春幡，就知道春天已经回来了。

可是作者反挑了一笔：“无端风雨，未肯收尽余寒。”不管满城怎样点缀春光，事实还是冷酷的。你们不看，“风雨”（隐隐指的是侵据北方的金人）依然威胁着人间么？轻轻一句，作者的微意就透露出来了。

下面，这层意思又推进一步：

“年时燕子，料今宵梦到西园”——从江南风物想到北方沦陷地区。“年时”是当年或前时。“西园”指的大抵是汴京西门外的金明池和琼林苑，那是从前游玩的好去处。自从汴京沦陷，它早已荒凉满目，旧时燕子，大抵只有做梦才能够看到那个地方了。“年时燕子”，也许便是作者自喻。因为他少年时是曾经到过沦陷后的汴京的。

在过去的日子里，每逢立春，汴京的人家照例喝黄柑酒，互送春盘（《四时宝鉴》：“立春日，唐人作春饼生菜，号春盘。”可见是个古老风俗）；但如今黄柑酒固然无法备办，连春盘也说不上彼此馈送了。

“更传”是疑问句，等于说岂能传。杜甫《春日梓州登楼》诗：“战场今始定，移柳更能存！”“更”一作“岂”，便是一例。这两句承接“西园”而来，是痛惜故都荒凉，同时也就反衬南宋临安的统治集团安于半壁河山，再也不去想念中原地区了。

下片，又再伸进一步。“却笑东风从此，便薰梅染柳，更没些闲。闲时又来镜里，转变朱颜。”表面上指春风，说它忙着把梅花、柳树都装扮起来。其实影射的还是那批人。是那批忙着观灯、赏梅、踏青、修禊，歌舞升平的朝中权贵。他们“更没些闲”，不过是“薰梅染柳”，尽情享乐；等到他们闲起来了，也没有别的作为，除掉让镜子里的朱颜逐日衰老之外。而且更为可悲的是，他们不但浪费了自己的年华，也误尽了有志者的青春！

这几句表面是调笑东风，实则笔锋四射，极富于暗示力。

于是作者十分感慨地说，面对着这种种情况，愁闷不断袭击着自己，就像是无端无绪、彼此紧扣着的连环，不知道从何开解。

最后，作者无限感触地说：花开了，花又落了，时光无情地消逝。自己过去以为很快可以驱逐金人，回到济南老家，想不到再三蹉跎，此愿不知何时实现。如今一春又到，眼见雁儿又一次先自己而北归，实在难过得很呵！

辛弃疾投奔南宋朝廷，本来不是为了捞取一官半职，更不是为了安享田园生活，如今却落得个留也不是，走也不行的局面，他的愤慨和苦闷实在是无法消解的。于是他又一次拿起他这支“投枪”。

刘过

1154—1206年，字改之，号龙洲道人，吉州太和人。放荡江湖，卒。有《龙洲词》。

沁园春（寄稼轩承旨[1]）

斗酒彘肩[2]，风雨渡江，岂不快哉！被香山居士[3]，约林和靖[4]，与坡仙老[5]，驾勒吾回。坡谓“西湖，正如西子，浓抹淡妆临照台[6]。”二公者，皆掉头不顾，只管传杯。

白云“天竺[7]去来。图画里峥嵘楼阁开。爱纵横二涧，东西水绕；两峰南北，高下云堆。”逋曰“不然，暗香浮动，不若孤山先访梅。”须晴去，访稼轩[8]未晚，且此徘徊！

[1]承旨——官名，辛弃疾六十八岁时进枢密都承旨。

[2]斗酒彘肩——《史记·项羽纪》记樊哙冲入鸿门军门中，见项王。项王曰：壮士，赐之卮酒。又赐之彘肩。彘肩是猪的前腿。《仪礼·少牢馈食礼》“肩臂臑”注：“肩臂臑，肱骨也”，肱就是臂。

[3]香山居士——唐代诗人白居易。

[4]林和靖——北宋诗人林逋，隐居不仕。

[5]坡仙老——北宋诗人苏轼。

[6]照台——镜台。

[7]天竺——地名，在杭州市西湖之西飞来峰之南。

[8]稼轩——辛弃疾。

这首词的来历是这样的：

嘉泰三年（1203），作者在杭州，接到辛弃疾邀他到绍兴见面的一封信，他因有事无法赴约，就填了这首词作为答复。词是写得那样新颖奇特，辛读了十分高兴。据《桯史》的作者岳珂说：“辛得之，大喜，致馈数千百，竟邀之去，馆燕弥月。”可见辛弃疾对这位落拓而又豪纵的文人是十分赏识的。其原因是从文字交契发现对方的思想、气质同自己有相通之处，从而获得“同声相应，同气相求”之乐。

辛弃疾填词喜欢追求新颖的构思，也喜欢找寻新颖的形式。他绝不囿于前人已得的成就，或甘受旁人的清规戒律的束缚。他生平所作的尝试比任何一个词人都多。例如《水龙吟》（听兮清佩琼瑶些）之只押“些”字，《粉蝶儿》（昨日春如十三女儿学绣）之全用长句，《木兰花慢》（可怜今夜月）之用《天问》体，《踏莎行》（进退存亡）之全用四书五经，以及《鹊桥仙》之赠鹭鸶和《沁园春》的戒酒杯使勿近，等等，都可以看出辛氏有意打破陈规，开辟词国广阔天地的志愿。这种思想解放的精神，在文艺领域中是十分可贵的。

刘过这首词，正是刻意仿效辛氏的创新。在这里，他比辛弃疾还要敢于冒犯古人，也就是更显得狂些。他公然把自己置于三个古代大诗人之间而不以为僭越。他有本领做到让人家读了以后不觉得他狂妄自大，因为在放纵中仍有分寸。词中把辛弃疾也拉进古人行列中去，又显示他善于处理作品主题，为对方留下地步。所以并非是一味叫嚣浮躁可比。

“斗酒”三句，先点出辛弃疾邀请他到绍兴，他的第一个反应是“岂不快哉！”因为得到大词人的赏识，可以谈诗论文，各抒抱负，何况他还携了一斗酒，一个猪前腿，趁着这股豪兴，在狂风大雨中渡过钱塘江。

景象是颇为豪壮的。

不料“事与愿违”，正要上路的时候，曾经在杭州做过郡守的唐代大诗人白居易（号香山居士），约定了在西湖孤山隐居的宋诗人林逋（字和靖），还加上曾在杭州任知州的大诗人苏东坡（后人曾称他坡仙），一下子拉住了自己不放手。

于是，预算的“风雨渡江”就无法实现了。

这当然是不能赴辛弃疾邀约的一个借口。这个借口真够有力。谁能摆脱这样的三位诗人而兼“居停主人”的阻拦呢？

“驾勒”的驾，同绑架、架走的架一样；勒是勒令的意思。因此“驾勒”就是受到拘勒，身不由己。

拉出三位早已逝去的古人来，当然有点“白日见鬼”的味道。但因为他们既是著名的诗人，而又都在杭州生活过，更因为他们都曾写下有关西湖山水的诗，所以这“鬼”也“见”得有理。

下面就利用这三位诗人在西湖写下的诗句，融入词中，算是彼此的对话。

那是颇有风趣的。

他先引了苏东坡的诗。苏有《饮湖上初晴后雨》诗：“水光潋滟晴方好，山色空濛雨亦奇。欲把西湖比西子，淡妆浓抹总相宜。”此词的“坡谓西湖，正如西子，浓抹淡妆临照台。”便是从苏诗中化出。

可是刘过到底有自己的创造。下面说：“二公者，皆掉头不顾，只管传杯。”这二公是林逋和白居易。刘过以为林、白二公对苏轼的诗不感兴趣，所以“掉头不顾”，也就是不予理会。

上片是辞尽而意不尽，因此下片并未转换意思，便一滚地说下去。

换头先提白居易。白居易诗有“楼殿参差倚夕阳”（《西湖晚归回望孤山寺》），“湖上春来似画图”（《春题湖上》）及“东涧水流西涧水，南山云起北山云”（《寄韬光禅师》）等句；又天竺山在灵隐山飞来峰之南，分上中下三竺，附近有三座天竺寺，是杭州胜处之一。作者把白居易的诗句，凑成一段话，强调天竺山的美景；随即又引林逋的话来反驳，写得像煞有其事。

林逋是北宋钱塘人，隐居西湖孤山，写过不少梅花诗，其中一首说：“众芳摇落独暄妍，占尽风情向小园。疏影横斜水清浅，暗香浮动月黄昏。霜禽欲下先偷眼，粉蝶如知合断魂。幸有微吟可相狎，不须檀板共金尊。”这又是现成的材料。

把上面这些现成材料加以剪裁，为我所用，既不失古人的风貌，又容易组成一个崭新的画面，这自是聪明的做法。

最后那三句：“须晴去，访稼轩未晚，且此徘徊！”，到底是归谁说的话？有人以为是林逋说的，也有人不以为然。照我看来，可以不必确定是一个人说的。开头既是白、林、苏三位“驾勒”他，最后也是这三位挽留他，作为三位的一致意见，甚至也是刘过自己的意见，我以为都未尝不可。

把自己插身在古人之中，更把辛弃疾也放到里面，让古人和今人打成一片，构成了一种前人未有的新的“会合”，以此来撩动在古人的圈子里寻求知音的辛稼轩，自然“搔着痒处”。难怪辛氏“得之大喜”了。

但这毕竟是可一不可再的玩意。

文艺上有一类“彗星式”的作品，只许出现一次。它出现时，使人因其新奇而惊异，但以后就不会再来了（这个比喻是把周期彗星排除在外的）。换句话说，有些作品因其手法新颖，构思独特，在历史上只能成为孤例而不可效法的。俄国小说《杜勃洛摩夫》的主人公，一开头就躺在床上，小说写了三分之一，他还没有起床。这种手法别人是不许仿效的。同样，唐人小说《南柯太守传》写淳于棼梦入蚁穴，做了驸马，尊荣富贵数十年。假如再有人写梦入鼠穴或蜂巢，只能使仿效者成为蠢材而已。刘过这首词也属于“彗星式”的，在它面前仿佛树起了“禁止复制”的碑示，谁如果不识时务，也去照搬，其结果一定像岳珂对刘过开玩笑时说的：“恨无术疗君白日见鬼症耳。”

史达祖

字邦卿，号梅溪，开封人。善咏物，精于描写刻画，有《梅溪词》。

三姝媚

烟光摇缥瓦[1]，望晴檐多风，柳花如洒。锦瑟横床，想泪痕尘影[2]，凤弦常下。倦出犀帷[3]，频梦见王孙[4]骄马，讳道相思，偷理绡裙，自惊腰衩。

惆怅南楼遥夜[5]，记翠箔张灯，枕肩歌罢。又入铜驼[6]，遍旧家门巷，首询声价[7]。可惜东风，将恨与闲花俱谢。记取崔徽[8]模样，归来暗写。

[1]缥（piāo）瓦——淡青色的屋瓦。皮日休《和早春雪中见寄》诗："全吴缥瓦十万户，惟君与我如袁安。"或说是琉璃瓦，恐非。

[2]尘影——前尘影事的省文。《楞严经》："纵灭一切见闻觉知，内守幽闲，犹为法尘分别影事。"此谓记忆中的旧事如影未灭。

[3]犀帷——旧以犀形物镇住帷幕，因称帷幕为犀帷。杜牧《杜秋娘》诗："虎睛珠络褓，金盘犀镇帷。"

[4]王孙——借指贵游子弟。

[5]遥夜——深夜。

[6]铜驼——此指南宋临时首都杭州。《晋书·石虎载记》："徙洛阳钢虡九龙翁仲铜驼飞廉于邺。"同书《索靖传》："知天下将乱，指洛阳宫门铜驼叹曰：会见汝在荆棘中耳。"

[7]声价——原指人物的声名，此指歌伎的名气。

[8]崔徽——唐代河中府妓女崔徽，同裴敬中相恋。后敬中返兴元，崔徽不能同行，因绘己像托人送与敬中，表示坚贞相爱。后人常以借指女子的肖像。

南宋晚期词人史达祖，是一位值得注意的作家。他的《绮罗香》（咏春雨）和《双双燕》（咏燕），早已脍炙人口。在两宋的咏物词中，能够写得这样形神兼备的，实不多见。其实史达祖不只以咏物见长，他的抒情之作，也是写得妥帖细腻，情词兼胜。清人戈载曾经说过："予尝谓梅溪（史达祖）乃清真（周邦彦）之附庸。若仿张为作《司家主客图》，周为主，史为客，未始非定论也。"这是颇有眼光的话，我们试看史达祖这首《三姝媚》，就可以看出他在章法的运用上，完全是汲取了周邦彦的特长；而文字的色泽，寄意的婉媚，同周邦彦的某些作品也是不相上下的。

这首词写的是一个恋爱故事。

女主角是一位风尘女子，男主角就是这位作者史达祖。

史达祖的生平事迹非常简略，只知他是汴（今河南开封市）人，曾为韩侂胄的省吏，韩失势被杀，他牵连受黥。别的事迹都不可考。所以他的恋爱史，我们只能从这首词中略窥一二。由于作者在叙述这段恋爱故事时，使用了错综的手法，乍看起来便不那么显豁，这便需要加以疏解。

故事情节大致是这样：

作者曾经在杭州同一个风尘女子相好，彼此都有很深的感情。后来他因事离开杭州，经过了很长时间，而且双方断绝了音信。等他再回到杭州，寻访这个女子时，才知道她已经逝去。别人告诉他，自从她同他分手以后，因为极度忆念，就得了不治之症，郁郁而亡。他听了十分伤感。走进旧日的妆楼，看见她生前用过的锦瑟和其他遗物还搁在那里，已经封满了尘土。两人旧日的恩情于是一幕幕又在眼前重现。最后，他决心像供奉爱人的遗容那样，把这段爱情永远留在自己的心坎里——永远纪念着她。

这段情节只是从词里看出来的，因为其他记载都不存在。至于他为什么离开杭州，一直断绝信息。是不是因为他受黥刑后离开杭州，才构成这段悲剧？今天已经无法查考。

作者在开头写的是深巷人家户外的春景。“缥瓦”和“晴檐”，暗示如今又看见那女郎的住宅。“柳花如洒”，说明这是暮春天气——这是倒叙法，先写自己重新回到杭州，马上就访寻这位女郎的踪迹。

接下去就转入妆楼内景。“锦瑟横床”，是那女郎的遗物，也是他印象最深的一件乐器。看见这件乐器，于是一连串的往事，都一一兜上心头。

“想泪痕尘影，风弦常下”——他想到自从两人分手以后，她再也不接近任何客人，只是独个儿守着这寂寞的深闺，整天发呆。许多前尘影事，一幕一幕在眼中重现，每一想起那些往事，再对照目前的情景，她就禁不住流下眼泪。因而，锦瑟的弦卸下来了，她再也无心弹奏了。

“倦出犀帷，频梦见王孙骄马”——“王孙”是作者自比。他继续在想：她同自己分手以后，连屋子也懒得出去，常常做着缭乱的梦，好像他又来到自己门前，她已经听见了马叫。可是每次醒了过来，都发觉那只是虚幻，那些梦无非是往日生活的复现罢了。她如今只有在梦里才能重温那段过去的爱情了。

“讳道相思，偷理绡裙，自惊腰衩”——她是要强的人，在别人面前，她不愿说出自己的满腔心事。可是别人都说她瘦得不成样子，她还给自己勉强辩解。但当捡起旧的裙子私下穿上的时候，裙腰是那样宽松，这才吃惊地发觉自己真的瘦了许多。

以上几句，是作者从旁人口中听到她别后的情况，再加上自己的想象补充然后描摹下来的。笔墨用得很空灵，手法也很变幻。

下片开头，又跳到另一段回忆之中。

“惆怅南楼遥夜，记翠箔张灯，枕肩歌罢”——他再想起从前同她曾经有过一段甜蜜的生活。那时候，在翠色的帷箔里，点起明亮的灯烛，夜色正深。她枕着他的肩膀，曼声唱着……而现在，只剩下无限怅惘。

“又入铜驼，遍旧家门巷，首询声价”——画面又转回到眼前。回到杭州，他的第一件事，就是寻找她的下落。（“声价”是名声。名士有声价，名妓也有声价。《后汉书·姜肱传》：“吾以虚获实，遂藉声价。”这是名士的声价）他到处打探，在曾经行走过的地方，询问过许多人，却总是找不到她的踪影。

终于，他得到了使他心碎的消息：

“可惜东风，将恨与闲花俱谢”——她原来带着无穷的怨恨，像一朵无主的闲花，在本来是百花盛开的季节，永远凋落了。

这也许是他平生仅有的、无法从心底抹掉的一段伤心史吧！一个风尘女子，如此坚贞地忠于自己的爱情，这难道不是人间罕见的吗？

这时候，他记起唐代裴敬中和妓女崔徽相爱的故事。崔徽临死的时候，曾画下自己的肖像叫人送给敬中，如今，自己的崔徽却连一帧肖像也没有留下来。

最后，他只好向她的在天之灵默默起誓："我要把你的模样永远描绘在我的心坎里，永远纪念着你！"词里的"记取崔徽模样，归来暗写"，不是真要请人画一幅肖像，无非是一种形象性的说法罢了。

这首词于是在无限低回中结束了。

我们可以看到，这首词是以组织细密见长的。作者有意把几个画面交错穿插，作大幅度的跳动，以求取得更好的艺术效果。其中有正叙，有追叙，也有倒叙；有实景，有虚景，又有实景中的虚景。在写景和叙事中，让感情一步步扩展，一层层深入，而对景物的勾勒，亦即借以使感情展开。寓情于景的手法运用得十分巧妙。这正是本词成功的原因；而这些手法，是从周邦彦的作品中汲取过来，那痕迹又是很明显的。

双双燕（咏燕）

过春社了！度帘幕中间，去年尘冷。差池欲住，试入旧巢相并，还相雕梁藻井，又软语商量不定。飘然快拂花梢，翠尾分开红影。

芳径，芹泥雨润。爱贴地争飞，竞夸轻俊。红楼归晚，看足柳昏花暝。应自栖香正稳。便忘了天涯芳信。愁损翠黛双蛾，日日画栏独凭。

从咏物的角度来看，南宋词是比北宋词更有进步的。史达祖的《春雨》和《咏燕》便可以作为南宋的代表。所谓“极妍尽态”反有秦（观）、李（清照）未到者。（王士禛《花草蒙拾》）这两首咏物之作便是最好的说明。

诗词当然以抒情为主。描写物象，其目的也是为了抒情。但是随着艺术趣味的扩展，便有以描写物象为主的作品出现，进一步还派生了为咏物而咏物的一支。

为咏物而咏物，这是欧、晏诸公所不屑为的。不过也不是说这就根本不可以。把艺术的范围放宽阔些，即使是单纯刻画物象，刻画得好，也算是一种成就。有些人在工余之暇，拿点竹皮织只蚱蜢儿玩玩，就广义来说，也是一种艺术品。不过他们又决不至于认为这是什么了不起的盛业。他们对这些玩意儿自有正确的衡量。问题正是在于，有多少斤两就还它多少斤两，不要凭空加码。无聊文人之所以无聊，便是对于本来微不足道的东西，偏要装腔作势，说得如何关系重大，仿佛一篇之成，可与日月并其不朽。像郑文焯赞扬姜夔的《齐天乐》（咏蟋蟀），硬说“白石别构一格。下阕寄托遥深，亦足千古已”，就是过分了。

史达祖这首《双双燕》，重现了燕子的生动形象，确能做到形神兼备，而又没有刻意造作、卖弄花巧的痕迹，所以是十分成功的作品。

一开头，“过春社了！度帘幕中间，去年尘冷”——先交代时间和地点。时间是过了春社（古代有春社、秋社，春社是祈求丰收的日子，通常是在立春后的第五个戊日），地点是帘幕中间，燕巢是“尘冷”

的。此时燕子虽然没有出现，但既过了春社，燕子该回来了。去年它不是来了又回去吗？想那帘幕中的燕巢，已冷落了一年，如今又该恢复它那暖和了。这样空灵用笔，便使人产生“呼之欲出”的感觉，可说是空际传神（“度”音duó。是揣度的意思，不是飞渡的意思）。

“差池欲住，试入旧巢相并”——你看，燕子真的飞来了。“差池”是形容它们摆动双翼和尾羽的样子。它们先在檐下似飞还住地徘徊了一阵，然后在旧巢上双双停了下来，亲密地靠在一起。句中“欲住”二字，写燕子要寻旧巢，却又有点生怯的神情，确是妙笔。

“还相雕梁藻井，又软语商量不定”——它们转侧着小脑袋，相一相屋梁和天花板（“藻井”是绘着花纹的天花板。旧时有些建筑，在天花板当中开个方形或圆形的洞口，似井，又加上彩绘图案，故称）。就唧唧喳喳地商量个没停。是讨厌这儿不好吗？还是别的？

这一韵更是传神。燕子本来没有那么多考究，可是在人们看来，它真有那样的“人性”，会商量个不了的。

“飘然快拂花梢，翠尾分开红影”——一转眼间，它们就冲了出去，飞快地掠过花树梢头，绿色的尾剪把枝头的红影蓦地剪开。“飘然”已是快了，句中还加个“快”字。这是形容燕子的轻捷；“拂”字下加“花梢”，真能写出燕子的本领。使人心目中的燕子形象更加突出。

“芳径，芹泥雨润。爱贴地争飞，竞夸轻俊”——在草绿花香的小路上，春雨润湿了泥土。小燕儿可快活了，它们从天空中直冲下来，贴近地面飞着，你追我赶，好像比赛着谁更轻巧，谁最机灵。“芹泥”，是带草的泥。杜甫《徐步》诗："芹泥随燕嘴。"温庭筠《寒食日作》："盘上芹泥憎燕巢。"句中捎带了燕子衔泥补巢的细节。

"红楼归晚，看足柳昏花暝"——一直玩到天黑了才转回家来。在黄昏薄暮里，那些花呵柳呵，早就给它们看了个饱。"柳昏花暝"，是用力锻炼出来的警语，比"花明柳暗"另是一番景色。用"看足"二字衬起，既显得燕子整天在外飞翔来往，又带出天色逐步昏暗下来。用字既简又练。

"应自栖香正稳，便忘了天涯芳信"——它们也实在疲乏了，回到巢里，一下子就睡得甜甜的。这一来可真糟！它俩回来之前，那位天涯游子托它俩捎回家里的书信，它们全给忘了。

这又是天外飞来的一笔。燕子双宿双栖，这层意思容易想象；可是说它俩"忘了天涯芳信"，却是亏杀作者的匠心。虽然江淹《杂体诗拟李陵》已有"袖中有短书，愿寄双飞燕"句，却还没有想到它俩不曾交到收信人手中这一层。只有晏幾道的"远信还因归燕误"和他"异曲同工"。

"愁损翠黛双蛾，日日画栏独凭"——只苦了托书人的妻子，双眉都皱损了，还天天倚着栏杆，等候远方丈夫的音讯呢！

不用燕子来结束本词，却用人来结束，也是出人意料的。"日日画栏独凭"，那燕子竟是把别人的嘱托忘个一干二净了！作者好像有意留下一些不了之情，让读者自己去找答案。

词里的"还相雕梁藻井，又软语商量不定"，以及"红楼归晚，看足柳昏花暝”，都是极用力的句子，也是特别耐人寻味的句子。但前人也引起过一些争论。有人说“软语商量”好，也有人认为“柳昏花暝”才是真好①。其实这种争论都免不了是寻章摘句，大可不必。因为从整体来看，没有“软语商量”的细腻，就突出不了“柳昏花暝”的情趣；而没有“柳昏花暝”，单是“软语商量”，也显得细碎单薄。两者原是互相衬托，相得益彰的。我们正不必拆碎下来，扬此抑彼。

①黄升《花庵词选》：“姜尧章（夔）最赏其‘柳昏花暝’之句。”贺裳《皱水轩词筌》：“常观姜论史词，不称其‘软语商量’，而赏其‘柳昏花暝’，固知不免项羽学兵法之恨。”（按，意谓不到家）王国维《人间词话》则谓：“然‘柳昏花暝’自是欧、秦辈句法，前后有画工、化工之殊。吾从白石，不能附和黄公（即贺裳）矣。”

绮罗香（春雨）

做冷欺花，将烟困柳，千里偷催春暮。尽日冥迷，愁里欲飞还住。惊粉重蝶宿西园，喜泥润燕归南浦。最妨它佳约风流，钿车不到杜陵路。

沉沉江上望极，还被春潮晚急，难寻官渡。隐约遥峰，和泪谢娘眉妩。临断岸新绿生时，是落红带愁流处。记当日门掩梨花，剪灯深夜语。

史达祖这首咏春雨词，向来被推为咏物的上乘之作。它描写春雨，层层烘托，把物象的精神曲折传出，而且画面优美，色泽和谐，情趣比较高尚。这种作品不能以为是“玩弄文字游戏”，因为作者在词中虽然没有表现深刻的思想，可是用了严肃的态度来摹写物象，这就不能说在艺术方面一无好处。

现在逐韵来谈。

本来是暖和晴朗的天气，但一场春雨却制造了寒冷，似乎有意要欺负那些刚开不久的花。春雨细得如烟似雾，又好像要把正在长叶的杨柳困住。而且它又伸展千里之遥，一片无边无际，半点阳光也不让透露出来。它打算就在这“欺花”“困柳”中，暗暗把春天打发走了。

这一韵，先摄住春雨之魂。

跟着，“尽日冥迷”两句，进一步写春雨的特有形态。上句说它的水点又密又小，把天地搅成一片迷糊，下句说它在天空中忽而纵横飞舞，忽而停住不动。用一“愁”字点染色彩，增强气氛。

这一韵，形象性很强，真能传出春雨的动态。

“惊粉重蝶宿西园，喜泥润燕归南浦”——从蝶与燕的活动侧面烘托春雨。“粉”是蝶翅上面长的鳞片，因为雨点微细，所以能沾在蝶翅上，使得粉蝶觉得双翅沉重，起飞无力。至于燕子，此时刚从南边飞来，趁这春雨，泥土润湿，衔泥营巢方便，连找吃也不太费力，它们自然够高兴了。

蝶因粉重而“惊”，燕因泥润而“喜”；蝶又因惊而“宿”，燕却带喜而“归”。用字既准确又细腻，而且紧扣春雨的特有气氛。这一韵从旁烘托春雨，也少不得。

下面“最妨它”两句，再从人物的活动来刻画春雨。由于春雨连绵，就把仕女们的游春的“佳约风流”都妨碍了。因为满地泥泞，她们的车子都已无法行走。句中的“钿车”，是拿螺钿（蚌类的壳制成的镶嵌之物）装饰的车子，通常是妇女乘坐的。白居易诗有“曲江碾草钿车行”句。“杜陵”原是长安南面的一个风景区，和附近的杜曲、樊川、韦曲等处，又都是高级住宅区，亭榭台阁，依山临水，景致优美。在唐代，正是春游的好去处。词中借用“杜陵”指代杭州的郊区，如同上文用汴京的“西园”指代杭州西湖的园林一样。

上片从几个侧面描写春雨，都不曾牵入自己。下片便转到自己身上。这就把春雨和人的关系更拉近了一步。

“沉沉江上望极，还被春潮晚急，难寻官渡”——春雨固然不大，但加上春潮，江水就显得汹涌了。站在江边看去，水势越来越大，傍晚时分，连渡口的渡船都难以找到了。“春潮带雨晚来急，野渡无人舟自横。”这是唐诗人韦应物的名句，作者借用得恰好。“官渡”是官方设置的渡口，“难寻”既是难寻渡口，又是难寻渡口的船，一词两用。

这一韵，先透出自己在春雨中难以归家的情怀。周邦彦《大酺》（春雨）有句说：“行人归意速，最先念、流潦妨车毂。”也是这个意思，史达祖也许便是从周词得到启发。

下面又转从家中妻子落想："隐约遥峰"，他看见远山因春雨而变得隐约模糊，又因远山隐约，联系到卓文君"眉如远山"的典故，从而想象女子的眉态。"和泪谢娘眉妩"，远山因雨而湿，仿佛女子带泪的神情。这个女子是什么人呢？作者用"谢娘"来表示。谢娘是谢安的侄女、王凝之的妻子谢道韫，这里指代自己的妻子，说她正在家中怀念自己。又因看见春雨连绵，心知丈夫难以回来而更添愁闷。（有人认为"谢娘"是唐代的歌伎，这里也是指歌伎，那便与下文衔接不上）"眉妩（wǔ）"出自《汉书·张敞传》，原作"眉怃"，意为眉装。

"临断岸新绿生时，是落红带愁流处"——这两句已带一点哲理味道：那新生事物在成长的当儿，正是衰亡的东西消逝的时候。作者因眼前事物的变化，颇有感触地写下这两句。在春雨中，新绿的生长和落红的飘逝是如此明显，很自然使人产生了时光难再，美好事物不可复回的感触。于是带出下文，并作了圆满的收束：

"门掩梨花"，句意脱胎于"雨打梨花深闭门"（李重元《忆王孙》）；"剪灯深夜语"原出于"何当共剪西窗烛，却话巴山夜雨时"（李商隐(《夜雨寄北》)。是从眼前的春雨回想起从前在家中的一段情景。那时候，也是这样的春雨，自己同家人在一起，剪着灯花，谈到深夜。如今却独自在外，回忆那时的欢叙，不能不触动许多愁绪了。

从上面的分析，可以看出作者并不是单纯描画春雨，还把个人的感慨也融了进去。特别是"临断岸新绿生时，是落红带愁流处"，不仅切合春雨，也能概括社会和人生，收到了"诗一样的哲理"的艺术效果。

张镃

1153—1211年，字功甫，号约斋，陕西西秦人，居临安，累官大理司直、司农寺主簿。以罪除名，编管象州，卒。

满庭芳（促织）

月洗高梧，露漙[1]幽草，宝钗楼外秋深。土花沿翠，萤火坠墙阴。静听寒声断续，微韵转，凄咽悲沉。争求侣，殷勤劝织，促破晓机心。

儿时曾记得，呼灯灌穴，敛步随音。任满身花影，犹自追寻。携向华堂戏斗，亭台小，笼巧妆金[2]。今休说，从渠床下，凉夜伴孤吟。

[1]漙（tuán团）——露水湿润的样子。

[2]笼巧妆金——唐宋时，富贵人家喜欢牛蟋蟀，用象牙做成笼子，竞逐奢华。

这首词是作者同姜夔一起写的。据姜词小序，我们知道写作的经过是这样：“丙辰岁（1196），与张功父（张镃）会饮张达可之堂。闻屋壁间蟋蟀有声。功父约予同赋，以授歌者。功父先成，辞甚美……”可见是在酒酣饭饱之余，找个题目写写，让歌儿去演唱的。

平心而论，张镃这首词比姜夔写得好些。有人震于姜的名气，摒弃张氏此作，那是不公平的。

张词上片写景叙物，层层深入，笔触细致；下片追昔感今，发抒了人生的感慨，收结得也很自然。

作者先布置一个秋夜的明净的环境。梧桐在如银的月光照射之下，仿佛是浸在水里；在幽暗中的小草，渐渐凝结了露滴。一句写夜空，一句写空庭。夜空是如此明亮，空庭则如此幽深，恰好描画出秋夜庭院的特有气氛。

《满庭芳》这两句通常都是制成一联，像秦观的“山抹微云，天粘衰草”“红蓼花繁，黄芦叶乱”，周邦彦的“风老莺雏，雨肥梅子”都是。但偶也有八字一气的，如苏轼的“三十三年，今谁存者”。

第三句的“宝钗楼”，同刘克庄《沁园春》“何处相逢？登宝钗楼”不同。这里是用“宝钗”修饰楼字，表示它是一座华丽的楼。这句仍是继续为主题布置一个合理的环境，别无深意。

“土花”句指墙脚下的苔藓之类，这些小植物沿着墙根直伸过去，成为一道翠色带子——还是在布置环境。

“萤火坠墙阴”——上面已将读者的视线向下牵引，引向墙角。本来便可以引出蟋蟀了，可是作者偏要再留一笔，先写萤火，这就显得从容不迫；而且又借萤火之坠，飘出一线暗向蟋蟀过渡，更是颇有巧思的。

“静听寒声断续，微韵转，凄咽悲沉”——正面写蟋蟀，写它的声音。“断续”“微韵”，是蟋蟀这个客观事物所具有，而“凄咽悲沉”则是人的主观感受。一客一主，恰好传达出人与蟋蟀之间的关系。

可惜接下去忽然跳出“争求侣”三字，把原来作者要构造的意境打乱了。真是很大的败笔。

道理本来很简单。既然“凄咽悲沉”，便不是“争求侣”的声音；既然说它“争求侣”，下面又不应说它是“殷勤劝织”。“争求侣”固然是这种昆虫鸣叫的原因，而“凄咽悲沉”和“殷勤劝织”却是人对它的鸣声的主观感受。你说这也是一种主客观的结合吧！不是的。因为主客观的结合，要统一在意境的整体之中，不是随便牵扯都可以称之为主客观结合的。把昆虫的生理本能搅进“凄咽悲沉”的主观感受里去，便成为不伦不类的杂凑，连原来构造的意境都遭到破坏了。

“促破晓机心”这句也下得草率。它意思是说，蟋蟀的鸣声在织布到晓的织女听来，就好像尽情催促她不要懒惰似的。因为古语有“促织鸣，懒妇惊”的话，所以作者随手凑合。“破”是尽的意思。相当于杜甫诗：“读书破万卷”的“破”。

《满庭芳》过片二字，一般说都应押韵。如秦观“山抹微云”过片的“销魂”；周邦彦“风老莺雏”过片的“年年”；苏轼“三十三年”过片的“枞枞”都是。但也有人不押韵，却连下面三字作成五字句，如张镃此词便是。

下片是追忆儿时的乐趣，反衬今日情怀的落寞。人老了，旧时的兴味都已成为过去，只落得让它来伴我的孤独的吟唱了。感慨不算是太深沉，但这样的题目，也不必要求作者写出了不起的感慨。我们倒是欣赏他“呼灯灌穴，敛步随音。任满身花影，犹自追寻”几句，描写一幅儿童捕蟀图，颇为生动。小孩子的热情与天真，仿佛如在眼前。下面“携向华堂戏斗”三句，把当时情事又勾勒一番，使情味更为满足。最后，用“今休说，从渠床下，凉夜伴孤吟”收束，颇有人生的感慨。整个题目于是收拾干净了（暗用《诗经》“十月蟋蟀入我床下”典故）。

清人贺裳在《皱水轩词筌》中指出这首词比姜夔的《齐天乐》（咏蟋蟀）还写得好：“不惟曼声胜其高调，兼形容处心细如丝发，皆姜词之所未发。”评论是中肯的。

姜夔

约1155—约1221年，字尧章，号白石道人，鄱阳（今江西波阳）人。不仕。有《白石词》。

疏影

苔枝缀玉，有翠禽小小，枝上同宿[1]。客里相逢，篱角黄昏，无言自倚修竹。昭君不惯胡沙远，但暗忆江南江北。想佩环月夜归来，化作此花幽独。

犹记深宫旧事，那人正睡里，飞近蛾绿。莫似春风，不管盈盈，早与安排金屋[2]。还教一片随波去，又却怨玉龙哀曲。等恁时、重觅幽香，已入小窗横幅。

[1]王铚《龙城录》载，隋开皇中，赵师雄游罗浮，见一美人，言极清丽，与之叩酒家共饮，一绿衣童子歌舞于旁。“师雄醉卧，久之，东方既白，起视，乃在大梅花树下，上有翠羽啾嘈。月落参横，但惆怅而已。”这是梅和翠禽同在一起的典故。

[2]《汉武故事》：“（武帝）数岁，长公主嫖抱置膝上……指其女问曰：阿娇好否？于是乃笑对曰：好！若得阿娇作妇，当作金屋贮之也。”

姜夔有《暗香》《疏影》词两首，是南宋光宗绍熙二年（1191）到苏州范成大家做客时写的。范成大字致能，号石湖居士，是南宋四大诗家（尤袤、杨万里、范成大、陆游）之一，曾官中书舍人、广西经略安抚使、四川制置使等，晚年隐居苏州的石湖。姜夔是通过杨万里的介绍同范认识的。据说，姜撰了《暗香》《疏影》二曲，因其音节清婉，为范所称赏，于是赠以侍婢小红。姜携小红归吴兴，过垂虹时，在大雪中赋诗："自琢新词韵最娇，小红低唱我吹箫。曲终过尽松陵路，回首烟波十四桥。"很有点扬扬得意的神气①。

可是他在浅吟低唱时，万万料不到在他身后这首词会引起如此之多的猜测和争论。只因其中有"昭君不惯胡沙远"一句话，从此"是非蜂起"，索隐家纷纷为此词索解，硬说其中有什么影射，什么家国之恨。这里有张惠言的"此章（指《疏影》）更以二帝之愤（指徽钦二帝蒙尘事）发之，故有昭君之句"（见《词选》）。邓廷桢有"乃为北庭后宫（指被金人俘虏的宋室后妃）言之"（见《双砚斋词话》）。郑文焯说得更明白："此盖伤二帝蒙尘，诸后妃相随北辕，沦落胡地，故以昭君托喻，发言哀断。"还骂不同意此说的人为"不自知其浅暗"（见所校《白石道人歌曲》），真可谓武断得惊人了。

本来这首词并不难懂，也没有寄托什么"君国之思"。作者只是明明暗暗地运用一些典故，为梅花的姿态进行勾勒罢了。

开头的"苔枝"指梅的枝条，因为上面长着苔藓；"缀玉"指梅花开在枝头，"翠禽小小"两句，说树上栖宿着小鸟。这三句平平而起，穿凿不得，所以各家都无异说。

“客里相逢……自倚修竹”，句中递入作者自己。姜夔是到范成大家做客，在范家看到梅花，所以说“客里相逢”；梅树旁边还长着竹子，正如苏轼的诗“竹外一枝斜更好”，所以又说“无言自倚修竹”。暗用了杜甫《佳人》诗“天寒翠袖薄，日暮倚修竹”诗意。这一接也是题中应有之义，更无深意。

再下去，“昭君不惯胡沙远，但暗忆江南江北”，是借一个具体的古代美人比拟梅花。为什么要拿王昭君来比拟？问题很简单，梅花是犯寒而开的，使人很容易想象它是一位在严寒的北方呈现特有丰姿的美人；而昭君正是远嫁匈奴，生活塞外，所以便拿来比附。唐王建《塞上梅》诗：“天山路边一株梅，年年花发黄云下。昭君已没汉使回，前后征人谁系马……”郑文焯把此诗持作立论的根据，不知这首诗正好说明用昭君牵入梅花中，丝毫也没有什么“后妃相随北辕”的用意。王建不过由塞上的梅花想到塞上的王昭君而已。还有韩偓的《梅花》诗“龙笛远吹胡地月，燕钗初试汉宫妆”，也是若明若暗地拿梅花比拟昭君，并无深意。

姜夔因为是咏江南的梅花，为了牵合眼前事实，所以用了“昭君胡沙”之后，立即笔锋一转，说昭君是“暗忆江南江北”，而且“月夜归来”以后，便“化作此花幽独”。花和美人结合成为一体了。这是出力地写花，还运用了杜甫《咏怀古迹》诗中“环佩空归月夜魂”的意思。

通看上片，我们可以知道，用昭君比拟梅花，不是作者的新创造，他只是在运用前人说过的意思中，添上“北地胭脂”化作“江南梅萼”的一层构思罢了。

下片开头用了另外一个梅花典故：

“犹记深宫旧事，那人正睡里，飞近蛾绿”——梅花飞到翠眉附近。那是宋武帝女儿寿阳公主的故事。据说这位公主在人日睡在含章殿檐下，梅花落在额上，成五色花，拂之不去，直过了三天才能洗掉，以后宫女就学着在额上作梅花妆了。这是常见的梅花掌故[②]。虽用了“深宫”字样，已与昭君无关，那就更与宋室的后妃无关。

“莫似春风，不管盈盈”，八字一气。意说梅花开在寒冬，春风本来不去管它；可我们却不要像春风那样。古诗“盈盈楼上女，皎皎当窗牖”是形容美人的风采。“早与安排金屋”——因为已连用两个宫中美人的典故，这里就索性再用汉武帝“金屋藏娇”的故事（又是一个宫中美人）来表示对梅花应该特别珍惜。这是顺着上面文势下来，不得不是这样。若把它扯到被俘北行的后妃身上，那就简直荒谬了。

以下，又由寿阳公主梅妆而想到梅花的飞坠。“一片随波去”，写出梅花逐水漂流；“玉龙哀曲”，因古乐府《江南弄》中有《龙笛曲》，传说此曲奏时声似龙吟，故名；另外李白诗“黄鹤楼中吹玉笛，江城五月落梅花”，作者两事合用，通俗点说，不过是因梅花的坠落而想及《落梅花》笛曲罢了。这固然是咏梅的一笔，但也与象征皇室的“龙”无关。

最后，转到画幅里的梅花。意思是说，等到梅花落尽，枝头上看不见它了，假如要寻觅它的踪迹，那只有到小窗上的横幅之中——画着梅花的画图，细细欣赏它那幽艳丰姿了。句中“恁时”，等于说那个时候。

整首词的意思就是这样。

为什么要反对“二帝蒙尘，后妃相随北辕”这类附会之谈呢？因为它是完全站不住脚的。

我们先看作者写这首词的动机。这个动机作者自己说得很清楚。

姜夔是最善于在词前写小序的。在小序中，事情的经过，感情的生发，写词的用意，都交代得十分明白。有些虽然没写小序，仍然有“寓意”“感梦”字样向读者打招呼。这确是便于我们理解作意的。例如《扬州慢》（淮左名都），小序先写到扬州所见，最后说：“予怀怆然，感慨今昔，因自度此曲。”《翠楼吟》（月冷龙沙）小序，先交代写词的因由，然后说：“兴怀昔游，且伤今之离索也。”《一萼红》（古城阴）又先序他在长沙游玩，然后“兴尽悲来，醉吟成调”。那么，《暗香》《疏影》两首的小序又是怎样的？请看：

辛亥之冬，予载雪诣石湖，止既月，授简索句，且征新声。作此两曲。石湖把玩不已，使工妓隶习之，音节谐婉。乃名之曰《暗香》《疏影》。

分明是范成大请他谱两首曲子，谱成以后，分明是“音节谐婉”，丝毫没有悲慨的意味；范成大“把玩不已”，又全没有指出其中“君国之哀”；姜夔本人更不像在《扬州慢》那样自称有“黍离之悲”；何况他在偕同小红还家时，诗中明明说“自琢新词韵最娇”，这新词便是《暗香》《疏影》，为什么只说“韵最娇”？如果是感慨“后妃北辕”，能用一“娇”字概括吗?

假如是悼惜后妃沦落异地，作者在“昭君”数句前后，一定多少有些照应，决不会只有那么孤立的两句，这是写诗填词的常识；而事情正相反，一开头，“苔枝缀玉，有翠禽小小，枝上同宿”，便与后妃毫不相关；若说有关，那么“同宿”的“小小翠禽”，又是指什么人物?帝王还是胡人?下文更有所谓“早与安排金屋”，难道说，北方的奴隶主早已给徽钦二帝的后妃们安排了“金屋藏娇”?这是什么话!

作者本来没有的东西，别人硬要加上去，虽也说得煞有介事，总是无法弥缝得好的。

①此事见《砚北杂志》(下)。

②此事见《太平御览》卷三十引《杂五行书》。

刘克庄

1187—1269年，字潜夫，号后村，莆田人。淳祐六年（1246）赐进士出身，官龙图阁直学士。卒谥文定。有《后村长短句》。

沁园春（梦孚若）

何处相逢？登宝钗楼，访铜雀台。唤厨人斫就，东溟鲸脍；圉人[1]呈罢，西极龙媒[2]。天下英雄[3]，使君与操，余子谁堪共酒杯？车千两[4]，载燕南赵北，剑客奇才。

饮酣画鼓[5]如雷，谁信被晨鸡轻唤回。叹年光过尽，功名未立；书生老去，机会方来。使李将军[6]，遇高皇帝[7]，万户侯何足道哉！披衣起，但凄凉感旧，慷慨生哀。

[1]圉人——古代养马官。

[2]龙媒——骏马之称。《汉书·礼乐志》："天马徕，龙之媒。"杜甫诗："君不见金粟堆前松柏里，龙媒去尽鸟呼风。"

[3]天下英雄——《三国志·先主传》："今天下英雄，唯使君与操耳，本初之徒，不足数也。"

[4]两——同辆。

[5]画鼓——绘有花纹的鼓。

[6]李将军——西汉名将李广。

[7]高皇帝——汉高祖刘邦。

有人说，在南宋的百年中，刘克庄和陆游、辛弃疾有如鼎的三足。“拳拳君国，似放翁；志在有为，不欲以词人自域，似稼轩”（清冯煦《宋六十一家词选·例言》），这话是颇有见地的。刘克庄生当南宋后期，主要活动在宁宗、理宗两朝。那时南北分立已经近百年，朝廷上许多官僚都满足于半壁河山的现状，他却不忘恢复，时时发出“男儿西北有神州”的呼声。他要求朝中文武以民命为重，因为“草间赤子俱求活”，希望当权者做到“要史家编入循良传”。他的词继承辛弃疾的豪放、激扬的传统，读了真可以起废立懦。但也有人认为他的词议论过多，未免损害了艺术的形象性。这也是事实。

刘克庄这首《沁园春》是为了忆念一位老朋友而写的。题目叫“梦孚若”。这个孚若就是方信孺。方信孺曾经做过枢密院参谋官，出使金国，不受对方的威吓，以此著名。他曾在接近敌占区的江北地区做官，安详镇定，守土有方。可惜仅仅活了四十六岁，未能大展抱负。刘克庄对这位朋友是十分敬佩的。方死后，他亲自撰写行状，表示悼惜。这首词也是写于方信孺死后。所谓梦中忘其已死，款接恍若平生。词的开头就从梦境写起。

宝钗楼，《咸阳县志》说是汉武帝时建造，到宋代仍是有名的酒楼，故址在今陕西咸阳市。诗人陆游《大雪歌》：“长安城中三日雪，潼关道上行人绝。黄河铁牛僵不动，承露金盘冻将折。虬须豪客狐白裘，夜来醉眠宝钗楼。”也是指这个著名的酒楼。铜雀台，是建安十五年（210）曹操所造，旧址在今河南临漳县。南宋时，这两处地方都落入金人手中，刘克庄和方信孺都没有到过。但刘克庄故意举出这两个地方，意在表示两人平日都没有忘怀北国河山，两地名胜于是很自然就在他二人的梦中出现了。

“唤厨人斫就”四句，写出梦境里的浪漫性。你看，才呼唤厨子把东海鲸鱼砍了做成鱼羹，便又命令马夫牵来西域的天马。这是着力写出梦中人的豪情壮志，写法上很有点浪漫主义气派；又因为是写梦境，所以使人不觉得是过分夸张失实。

在梦中，作者和方信孺议论天下人物，他们痛感人才寥落，实在找不到有几个爱国忧民怀抱大略的同道者。所以他们只好仿照曹操对刘备的口气：“天下英雄，惟使君与操耳”，因而叹息说，如今只有你我二人还可以坐在一起喝酒，痛痛快快议论天下大事；其他的人，简直就没有这个资格了。“谁堪共酒杯”，是不堪同在一起喝酒谈天的意思。

“车千两”三句，眼光转向北方，因为在南方已经找不到人才。南方既无人才，就转而寄望于沦陷的北方，或生长于北方的豪杰之士了。“燕南赵北”，泛指中原地区。正如韩愈在一篇序文中说过：“燕赵古称多感慨悲歌之士。”作者希望能够有千辆大车，迎接这些燕南赵北的剑侠奇才，共同收复北方的失地。

点出“燕南赵北”，又回应了上文的“登宝钗楼”和“访铜雀台”，使人了然知道作者“登”与“访”的用意，并不只是看望一下祖国北部河山。所以在文字结构上，又是彼此呼应，正如“常山之蛇”，击其首则尾应，击其尾其首又应。足见作者行文的细密。

上片是叙述梦中的景象和他同朋友方信孺的胸襟抱负；但是，作者对于南宋小朝廷那种求和屈辱的政策之不满，已洋溢在纸墨之上，语气在含蓄之中闪烁着尖刻的讽刺。

转入下片，是“梦破东窗”后的沉重的慨叹。

“饮酣画鼓如雷，谁信被晨鸡轻唤回”——两位朋友正在举杯痛饮醉态醺然之际，耳边厢画鼓之声越来越响，恍似军中擂鼓出兵了。

“画鼓”回应上文的“共酒杯”，又与此句“饮酣”相合。画鼓常是歌舞节目中的乐具。白居易《柘枝妓》诗：“平铺一合锦筵开，连击三声画鼓催。”李贺《感讽》诗：“舞影逐空天，画鼓余清节。”张祜《感王将军柘枝妓没》诗：“画鼓不闻招节拍，锦靴空想挫腰肢。”刘克庄本人也有“朱门画鼓舞宫靴”句，都可为证。但画鼓也用于军中。《东京梦华录·车驾宿大庆殿》：“又置警场于宣德门外，谓之武严兵士，画鼓二百面，角称之”便是一例。

想不到，竟是雄鸡的啼声使梦中人产生的幻觉。他一下子就惊醒过来了。

在行文上，这是一种强烈的“反跌”。刚才还满怀高兴，不料一切都是空幻。现实局势的使人伤心失望，透过这“晨鸡唤回”，就更进了一层。

“叹年光过尽，功名未立；书生老去，机会方来”——原来那不过是一场幻梦！如今的朝廷上，谁还想到恢复大业呢！不管是燕南剑客还是赵北奇才，他们都不可能取得建功立业的机会。不必说，方信孺早已埋骨地下；而自己一介书生，难道真要等到须发尽白才有发挥才智的机会么？其实又何尝不是十分渺茫呵！

于是作者痛感当朝皇帝怯懦无能，平白错失了许多机会。他想到，假如执掌朝纲者是个刘邦式的人物，那么，像飞将军李广这样的雄才猛士，在战场上建立奇功，封侯万户，又算得什么呢！“如令子当高皇帝时，万户侯岂足道哉！”那是汉文帝对李广说的。汉文帝的时代，当然不同于南宋小朝廷。刘克庄引来这句话，明显是涉及了当朝皇帝，其用意当然是辛辣的。

结拍是：“披衣起，但凄凉感旧，慷慨生哀。”他再也睡不着了，终于披衣起床，悲凉感慨地写下这首《沁园春》。

上片写的是梦中的豪情壮志，下片则是写醒来以后的苍凉悲慨。那意思仿佛是说，如今连高谈收复北方河山这事，也须在梦里才行了。多么令人丧气！

许多诗人词客，都曾写过述梦的作品，但梦的内容大不相同。晏幾道的“梦入江南烟水路，行尽江南，不与离人遇”，是借梦来表达思念离人；姜夔有“江上感梦而作”，说的是“燕燕轻盈，莺莺娇软，分明又向华胥见”。这些都是限于个人的，当然也可以写。刘克庄这首词，却与辛弃疾在独宿博山王氏庵中所梦一样：“布被秋宵梦觉，眼前万里江山。”想到的是民族国家的恨事。辛、刘二人同样写梦，对于南宋投降屈辱政策也同样加以抨击，因为两人的志向是一样的。

贺新郎（送陈真州子华）

北望神州路[1]，试平章[2]这场公事，怎生分付[3]？记得太行山百万，曾入宗爷[4]驾驭。今把作[5]握蛇骑虎。君去京东[6]豪杰喜，想投戈下拜真吾父[7]。谈笑里，定齐鲁[8]。

两河[9]萧瑟惟狐兔。问当年祖生[10]去后，有人来否？多少新亭挥泪客[11]，谁梦中原块土？算事业须由人做。应笑书生心胆怯，向车中闭置如新妇，空目送，塞鸿去。

[1]神州路——神州原指中国，这里是指中国北方地区。

[2]平章——评论、议论。

[3]分付——交付、发落。

[4]宗爷——宗泽。《宋史·宗泽传》："泽威声日著，北方闻其名，常尊惮之，对南人言，必曰宗爷爷。"

[5]把作——当做。

[6]京东——宋时设立京东路，辖区包括今山东、河南东部及江苏北部。

[7]吾父——一种极尊敬的称呼。《宋史·岳飞传》载张用得岳飞招谕书时说："真吾父也。"于是投降。

[8]齐鲁——今山东省，春秋时是齐鲁等国的辖地。

[9]两河——河北东路和河北西路，为黄河下流两岸地区。

[10]祖生——东晋人祖逖，曾统兵北伐，收复黄河以南地区。

[11]新亭挥泪客——详陈亮《念奴娇》词注。

辛弃疾六十六岁时，出任镇江知府，他登上京口的连沧观，写下一首《瑞鹧鸪》，开头说：

声名少日畏人知，老去行藏与愿违。山草旧曾呼远志，故人今又寄当归。

我每次读到“故人今又寄当归”这句的时候，总是禁不住想到辛弃疾青年时代那一班朋友，也就是他在天平军节度使耿京幕下认识的抗金起义军，像贾瑞、刘震、刘弁、孙肇这些将领。他们自从辛弃疾南归以后，在敌人占领地区怎样继续活动，同辛弃疾又有什么联系呢？我想，他们之间肯定是不会完全断绝联系的。尤其是辛弃疾非常重视谍报工作，认为“谍者，师之耳目也”。为了测绘一张方横一尺的敌军分布地图，他不惜花费四千缗。可以想见，为了便于取得敌人的情报，他不可能不同天平军旧部联络。因此，“故人今又寄当归”的故人，难道就是贾瑞、刘震等人么？为什么“今又寄当归”？难道他们又来劝辛弃疾重回北方，重新领导起义队伍么？

因为没有什么材料可以证明，猜想也始终只是一种猜想罢了。

然而，不甘屈服于金人统治下的北方群众，尤其是山东、河北一带组织起来的抗金武装，他们一直坚持着战斗，火种始终不灭，却是肯定无疑的。

所以，当辛弃疾已经逝去，刘克庄的朋友陈子华到真州（今江苏仪征县）上任时，刘克庄送了他这首词，二话没说，只是鼓励陈子华同淮河以北的抗金群众武装取得联系，以便收复失地。这种见解，同辛弃疾正好一模一样，同时也反照出抗金火种直至南宋末年，仍旧在广大地区上闪烁。

南宋抗战派中，对于出兵中原，向来有两种主张。一种认为要先取关中和陇右，亦即今陕西中部和甘肃东南部，然后挥戈东指，直出函谷关。另一种则认为必须先收复山东、淮北，然后大军北向。当时大诗人陆游和大词人辛弃疾恰好分属两派。陆游是“会当金鼓从天下，却用关中作本根”的鼓吹者；辛弃疾却说：“不得山东，则河北不可取；不得河北，则中原不可复。”他看到山东、河北一带有民众武装基础，大军北上，可以立即起来响应，这是很有利的条件。从当时的实际情况出发，这个方案应该是切实可行的。可惜南宋朝廷并没有加以接受。

以上，就是这首词的写作背景。

词的上片，刘克庄首先回溯南宋初年的一段历史：

建炎元年（1127），高宗赵构在应天府（今河南商邱县）登皇帝位，以老将宗泽为开封尹，兼任东京留守。那时，山东、河北人民不甘金人统治，纷纷起来反抗。其中最有名的一支人马是拥众七十万的王善，宗泽曾亲自上门劝他为国效力；又有一支则是岳飞曾经隶属过的王彦的部队。王彦原是宋军中一员都统制，金兵南下后，他聚兵太行山，人人都在脸上刺着“赤心报国，誓杀金贼”八个字，因此被称为“八字军”。他们同其他民众武装都愿接受宗泽的节制，待机杀敌。不幸的是，建炎二年（1128）宗泽病死，接任的人叫杜充，他不但没有继承宗泽的遗志，反而忙于攻击友军，这便使山东、河北的民众武装陷于自生自灭之地。

以后的情况也不必多说，用刘克庄的一句话概括，那就是“今把作握蛇骑虎”——南宋朝廷除了偶然勉强笼络一下，表示一点同情之外，骨子还是把抗金民众武装看成手上拿的蛇和胯下骑的虎，甩掉又不是，用又不敢用，真是狼狈之状可掬。

如今刘克庄却一意鼓励陈子华加强同北方民众武装的联系，指出：“君去京东豪杰喜”，进一步便可以“谈笑里，定齐鲁”，为收复中原打下坚实基础了。

这样下笔，可说是建立了“堂堂之阵，正正之旗”，紧紧掌握了群众的愿望，呼出了时代的强音。

下片，作者再以东晋祖逖的故事鼓励陈子华去做一番英雄事业。他问道：“两河萧瑟惟狐兔，问当年祖生去后，有人来否？”他又问道：“多少新亭挥泪客，谁梦中原块土？”严厉鞭挞了只求保住半壁江山的南宋群臣。进一步又指出：“算事业须由人做”，希望陈子华看准时机，发挥才智，干出一番不朽的事业来。

老将宗泽临死，手指北方，大呼“渡河”。八十年后，辛弃疾到了最后一息，又是高呼“杀贼”数声，才闭上眼睛。现在，南宋朝廷已经到了山穷水尽的阶段，谁还喊出“渡河”的壮语呢？“应笑书生心胆怯……”两句，是自我嘲讽。作者认为，自己不过是个白面书生，谈不上到前线去杀敌。这一回为陈子华送行，就像曹景宗（南朝梁的大将）曾说过的：“闭置车中，如三日新妇，此邑邑使人气尽”（见《南史·曹景宗传》)。既然自己不能亲上前线，只能徒然目送老朋友慷慨北行罢了。句中的“塞鸿”，指的便是陈子华。结末点出送行之意，但又包含许多感慨在内。

这首送行词，自然是伺张元干送胡铨那首《贺新郎》(见前)一条路子走出来的。气象和风格都十分接近。不过张词表现为悲愤，刘词则表现为沉痛而已。

刘克庄对词的写作，态度严肃，注重品格，那是南宋以来，从叶梦得开始，以后是陆游、辛弃疾、陈亮、刘过，最后是刘克庄、刘辰翁等人共同抱持的态度。从北宋的群芳竞发，收敛而为南宋的分道扬镳——或以词为斗争工具，或以词为消闲玩物。这也可以说是历史的筛子簸选的结果吧!

吴文英

约1200—约1260年，字君特，号梦窗。四明（今浙江宁波）人。景定时，曾客荣王邸，从吴潜等游。有《梦窗甲乙丙丁稿》四卷。

莺啼序

残寒正欺病酒，掩沈香绣户。燕来晚、飞入西城，似说春事迟暮。画船载、清明过却，晴烟冉冉吴宫[1]树。念羁情、游荡随风，化为轻絮。

十载西湖，傍柳系马，趁娇尘软雾。溯红渐招入仙溪，锦儿偷寄幽素。倚银屏、春宽梦窄，断红湿、歌纨金缕。暝堤空，轻把斜阳，总还鸥鹭。

幽兰渐老，杜若还生，水乡尚寄旅。别后访六桥无信，事往花萎，瘗玉埋香[2]，几番风雨？长波妒盼，遥山羞黛，渔灯分影春江宿，记当时、短楫桃根渡。青楼仿佛，临分败壁题诗，泪墨惨淡尘土。

危亭望极，草色天涯，叹鬓侵半苎[3]。暗点检、离痕欢唾，尚染鲛绡，亸[4]凤迷归，破鸾[5]慵舞。殷勤待写，书中长恨，蓝霞辽海沈过雁，谩相思、弹入哀筝柱。伤心千里江南，怨曲重招，断魂在否？

[1]吴宫——南宋在杭州的宫苑。

[2]瘗玉埋香——玉和香都指美人。瘗（yì），埋葬。

[3]苎——白色的苎麻。这里是比喻白头发。

[4]亸（duǒ）——下垂的样子。引申为不振作。

[5]破鸾——宋范泰《鸾鸟诗序》："昔罽宾王罝峻卯之山，获一鸾鸟。王甚爱之，欲其鸣而不致也。乃饰以金樊，饷以珍馐。对之愈戚，三年不鸣。其夫人曰：尝闻鸟见其类而后鸣，何不悬镜以映之？王从其言。鸾睹影悲鸣，哀响冲霄，一奋而绝。"词中以破鸾比喻自己孤独。

《莺啼序》共有二百四十字，是词里最长的调子，填起来费劲，读起来又不像长篇古诗那么容易上口，对它感兴趣的人实在不多。不过也有人认为，填这个调子可以从难中见巧，所以后世填者还不乏人。

吴文英这首《莺啼序》，是颇有一点名气的，虽然那内容不外是男女之情。在这里拿来谈谈，总算可以备此一格。

词分成四段。第一段从开头到“随风化为轻絮”，先写自己在暮春中病酒。第二段由“十载西湖”到“总还鸥鹭”，回叙过去的一段欢情。第三段由“幽兰渐老”到“惨淡尘土”，叙述旧地重游，才知所恋的人已经逝去。第四段是抒发痛悼之情。

我们且看作者怎样逐字逐句去铺叙。

开头“残寒”点出晚春时节，“病酒”点出自己眼下的景况。第二句接着说下：就在那还有寒意的时候，自己害了酒病，因病而怕冷，因此把门扇都关起来了。沈香是熏的香，“户”又用“绣”来修饰，无非指所居华丽，同女子的香闺无关。

“燕来晚”三句，是说今年燕子来迟了些，它们直到如今才回到西城来，在人家梁上呢喃软语，仿佛向人诉说春天已经剩下不多了。这一韵进一步点出“西城”，即杭州城近西湖的地方，也许便是作者如今的住处。

以上不过说了残春、酒病、燕来三件事，但用了二十四个字，宛转迤逦，纾徐不迫。可见长调的铺排方法。

“画船载”到“吴宫树”，是作者忆想之词，是设想中的西湖景色。每年的清明佳节，西湖上总有许多大大小小的画船，载着各色各样的游人，高兴玩乐。如今清明已是过去，就像那些画船把清明也载走了似的。画船没有了，清明的热闹也没有了，剩下来什么呢？是那些悠悠忽忽的晴日云烟，以及宫苑一带披着浓阴的绿树。

由追想西湖景色又递入自己，轻轻便把西湖和自己那段经历虚笼一笔。“念羁情，游荡随风，化为轻絮”，是说如今自己天涯羁旅的愁情，徘徊着，游荡着，给风一吹，仿佛已化成万千飞絮，漫天盖地，简直不知如何收拾了。这三句显然从贺铸的“试问闲愁都几许，一川烟草，满城风絮，梅子黄时雨”化来，意思也差不远。但贺词放在结尾，吴词放在开头，章法完全不同。

以上第一段先点时令、环境，再写出人的情绪，是为下文预作铺垫，积蓄势头。

写长文章的人，都是先拟好分段，哪些应在前，哪些应在中，哪些在后；哪些又是前之前，哪些又是后之后；其中又有后者或须提前，前者反而推后。手法很多。此词的铺叙手法，伸缩变化，也很值得我们寻味。

从“十载西湖”到“锦儿偷寄幽素”，是作者追述已往的一段艳遇。他早年在杭州住了十年。这十年中，时时系马在柳阴底下，赶趁那湖上的美好风光。“娇尘软雾”是形容西湖的杨柳如烟，红紫飘尘，春色迷人。“溯红”句是说有一回恍如刘晨、阮肇进入天台那样，来到一个“仙境”，给仙境中人招引进去。一个叫锦儿的侍婢，偷偷给他传递了“仙子”的情愫。这五句写他同那个女子相见的缘由。“仙溪”，五代宋人词又作“桃源深洞”（见李存勖词）或“桃溪”（见周邦彦词）“桃源”（见秦观词），大抵都是指某种女子的所居，这些女子，或是娼妓，或是类似娼妓的人物，有时又只指偶然艳遇中碰到的人。刘义庆《幽明录》记刘晨、阮肇入天台山，偶出一大溪，溪边有二女子，姿质妙绝。也许便是“仙溪”二字的来源。“锦儿”此处是侍婢的通名。洪遂《侍儿小名录》就有钱塘妓女杨爱爱侍婢名锦儿的记载。“幽素”是幽隐的儿女私情。

下面是作者入“仙溪”的一段描写。“倚银屏、春宽梦窄，断红湿、歌纨金缕”，上句写作者自己，下句写那女子。还记得当时自己倚着屏风，感到春色似海那样宽阔——爱情生活是美满的。可是又感到“梦窄”。“梦窄”等于梦短、缘短，他已知道这“梦境”不可能长久，而她呢，唱着“劝君莫惜金缕衣，劝君惜取少年时”的曲子，边唱边流下眼泪，把脸上的胭脂都打湿了。《金缕衣》是唐代曲子名。杜牧《杜秋娘诗》原注说：“劝君莫惜金缕衣……李锜长唱此辞。”“歌纨”即歌扇，是歌唱者手持的。“断红”即脸上的艳色。见元稹《会真记》（原名《传奇》）。这两句写得很概括，情感也很深沉。“春宽梦窄”四字，炼得尤其警策。

“暝堤空，轻把斜阳，总还鸥鹭。”这三句再写两人在湖堤上相并谈心。因为两人的话很多，情意很厚，直到天色晚了，堤上游人散尽，他俩还不肯走，那淡淡的夕阳虽也很美，他俩却顾不得欣赏，都让给闲鸥野鹭去享受了。

以上是第二段。追述从前那段短暂而又意外的艳遇。笔墨既细腻，文字又概括；撷取人物形象很能传神，而描写环境气氛衬出人的情感，也有独到之处。

第三段从“幽兰渐老”开始，到“泪墨惨淡尘土”止。

“水乡尚寄旅”，说他不久就离开杭州，到一个水乡，而且寄寓了一段较长时间。杭州虽也是水滨之地，亦可称为水乡。但在作者当时，杭州乃是临时首都，繁华无比，不能用“水乡”来指代。所以句中“水乡寄旅”，是指另一个滨水地区。到底是什么地方，却已无考。“幽兰渐老”两句，指时序变迁，冬去春来，自己还没有机缘回杭州去。

“别后访六桥无信”到“几番风雨”，写重返杭州，其人已逝。“六桥”是西湖外湖的映波、锁栏、望山、压堤、东浦、跨虹六桥，北宋时苏东坡建。这里用“六桥”指代杭州西湖。他再回杭州，到西湖旧地找她，她已经不在，访来问去，毫无信息。过去的爱情就像落花委地。原来她已埋骨在西湖边上，坟头的花草不知经历了几番风雨。

“长波妒盼，遥山羞黛，渔灯分影春江宿，记当时、短楫桃根渡。”这四句是作者知道她已去世后对旧事的回忆。他站在湖堤上，往事一幕一幕重演。她那秋水盈盈似的媚眼，曾经连湖水也逗起妒意；她那浅淡宛曲的蛾眉，连吴山也感到自愧不如。他又记起那一夜，在渔灯反照波光闪烁的江上，两人共乘一条小船，度过很有诗情画意的春夜。那情景，就同晋代王献之迎接桃叶、桃根姊妹俩差不多远。

这几句倒叙旧事，文字相当精练优美。王观有“水是眼波横，山是眉峰聚”，写的也是女子的眉眼之美。吴文英更进一步，认为便是春水吴山也不如她眉眼那么富有魅力，只有妒羡和惭愧，意思就更酣足饱满。“渔灯分影”七字，情景并到，耐人寻味，都可见作者的功夫。“桃根渡”原为桃叶渡，在南京市秦淮、青溪合流处。此因平仄关系，略加改动。《隋书·五行志》：“陈时，江南盛歌王献之《桃叶词》云：桃叶复桃叶，渡江不用楫。但渡无所苦，我自迎接汝。”吴词是借用献之诗意，未必两人同到秦淮河上去。

“青楼仿佛”三句，写他又走到她从前住的地方。“青楼”，通常有两种意思，一是指富贵人家的楼房，一是指歌伎居住的所在。“仿佛”是指旧事恍如在目。他记起了，那回分手时，他在壁上题了诗，以表惜别之情。如今，那和泪写下的墨迹，已淹没在厚厚的灰尘之中，留下了一片惨淡。

以上第三段，由女子之死写到自己重来时的“人面桃花”之感。

“危亭望极，草色天涯，叹鬓侵半苎。”他站在湖亭上极目远望（“危”，高的意思），青草一直伸展开去，似乎直到天边。那草色又使他回忆她衣衫上的颜色。猛然想起自己已是头发半白的人，心情的伤惨就更难以禁受。前人的词有“记得绿罗裙，处处怜芳草”句，这里似是暗用其意。

下面，“暗点检”到“破鸾慵舞”，感情又进一步扩展。他私下细想，身上还藏着她送的手帕，那上面既有别时的泪迹，也有欢情的唾痕。然而自己既是“鬓侵半苎”的人，像是迷路失意的凤凰，又好比懒于再舞破镜的鸾鸟了。

“殷勤待写”到“弹入哀筝柱”，写自己的哀情不知何处抒发。这几句意思是说，我本想写一封书信，抒发胸中蕴积的愁恨，可转念一想，在蔚蓝的天穹和辽阔的碧海之间，看不到一只能寄书的雁儿，我能寄到哪儿去呵——暗示人已逝去，寄书无由。即使把一片相思之情，谱入哀筝之中，也是徒然而已。句中那个“谩”字，与漫成、漫劳、漫向的漫相同。“蓝霞”，即绿霞，此处指蓝天。吴文英喜用“蓝”字，如《声声慢》的“蓝云笼晓，玉树悬秋。”《浣溪沙》词的“灞桥舞色褪蓝裙”都是。“辽海”是远海，与地名无关。“沈过雁”，即鱼沉雁渺的沉。“筝柱”即筝上搁弦的桥状物。

结拍表示深沉的哀悼，并点出谱写这首长调的用意。“伤心千里江南，怨曲重招，断魂在否？”——纵目那遥遥千里的江南，尽是伤心之情，尽管我可以谱成一曲哀歌，像《楚辞·招魂》那样，招引她的灵魂；然而，她的灵魂在呢还是不在？要是在，又在什么地方呵？

这最后的痛惜，使人想起清代龚自珍哀悼一位女郎的诗：“冰雪无痕灵气杳，女仙不赋降坛诗。”她永远在这世界上消失了（见《己亥杂诗》第一九五首）。

以上第四段，表达自己痛悼之情。

二百四十字，写的就是这样一段恋情。虽然不能说怎么了不起，但可以肯定，它不是艰涩到不可理解，自然也不是“拆碎下来不成片段”（张炎对吴词的评语）。对词有较大兴趣，而又耐烦于细心寻绎的人，还是可以弄懂它的意思，乃至欣赏它那组织之细，词藻之美的。然而终究觉得可惜，词到南宋末叶，有些人便走入过分雕饰涂抹的道路，弄得本来易解的不易解，路子也越走越窄了。吴文英就是这一派的代表人物。

王沂孙

约1230—?，字圣与，号碧山，又号中仙，会稽人。有《碧山乐府》，又名《花外集》。

齐天乐（蝉）

一襟余恨宫魂断，年年翠阴庭树。乍咽凉柯，还移暗叶，重把离愁深诉。西窗过雨，怪瑶佩流空，玉筝调柱，镜暗妆残，为谁娇鬓尚如许！

铜仙铅泪似洗。叹移盘去远，难贮零露。病翼惊秋，枯形阅世，消得斜阳几度？余音更苦，甚独抱清商，顿成凄楚？谩想薰风，柳丝千万缕。

清人陈廷焯《白雨斋词话》最赏识王沂孙的词："王碧山词，品最高，味最厚，意境最深，力量最重。感时伤世之言，而出以缠绵忠爱，诗中之曹子建、杜子美也。词人有此，庶几无憾。"又说："词味之厚，无过碧山。"甚至说："论其词品，已臻绝顶，古今不可无一，不能有二。"未免称扬过泰了。

王沂孙眼看宋室灭亡，连南宋君后的陵寝也遭到发掘[①]。民族耻辱萦绕心头，常借物寓情，发抒凄恻之感，这确是事实。他在南宋词坛中，也不失为一个名家。作品剪裁修洁，法度雍容，有婉约派的细腻，而避免末流的晦涩。自有一种幽柔怨抑之美。但到底是受到时代的局限，在蒙古贵族铁骑的声威之下，只能作寒蝉的哀鸣，以结束有宋一代的词坛了。

看作家的作品，不可不知作家所处的时代。因为作家虽然个性有种种不同，终究不能不受时代的特定环境给予本人的影响。王沂孙的咏物词，既不同于苏轼的咏杨花，也不同于史达祖的咏春雨，这是明显的。因为彼此所处时代有明显的差异。陈廷焯说："《词选》云：'碧山咏物诸篇，并有君国之忧。'自是确论。读碧山词者，不得不兼时势言之，亦是定理。古人诗词，有不容穿凿者，有必须考镜者，明眼人自能辨之"（见《白雨斋词话》卷二），这话是正确的。

王沂孙这首《齐天乐》，借咏蝉为名，把对南宋朝廷的哀悼与个人身世的伤感打合成一片，写得哀恻凄怨，使人读了为之不欢。

蝉的典故本就和王室有关。据说齐国有个宫女，因受冤屈，非常怨恨，自杀死后化为鸣蝉。所以蝉又别名“齐女”。词的开头，“一襟余恨宫魂断”，便是暗用这个典故。用“余恨”“魂断”，带出哀悼之意。

因为是咏蝉，如果仅仅只有第一句，别人就不知作者在说些什么了；所以又必须有第二句“年年翠阴庭树”，点出是蝉。这是必不可少的。

“乍咽”两句，写蝉声在树枝上忽起忽落，蝉影在密叶中乍隐乍现，妙得物情。“重把离愁深诉”，用一句拟人，把蝉的鸣声想象为诉说离别的愁情。这样就语带双关，使人联想到南宋灭亡的事实。蝉声仿佛是人在唱着伤离痛别的亡国哀歌。

“西窗”三句，是说一场秋雨过后，蝉声更为动听。它既像玉佩在天空中迸响，又像银筝在名手中弹奏。玉佩原是古代贵族的装饰品，把它悬在身上，行动时相触作响，很有节奏。“调柱”是调整筝的丝弦（柱是搁弦物），这里径作弹奏解。句中用一“怪”字，表示对动人的蝉声的惊异。因为刚才还是“乍咽”“还移”，声音很低沉，现在却忽然清亮高亢起来。

下面，“镜暗妆残”两句，又从蝉的形状着笔。据崔豹《古今注》，魏文帝宫人莫琼枝“制蝉鬓，缥缈如蝉翼”。卢照邻《长安古意》诗：“片片行云着蝉鬓，纤纤初月上鸦黄。”蝉翼既可象征宫人的鬓发，所以作者在此问道：如今已到了“镜暗妆残”的时代，为什么你还梳裹着那么好看的鬓发呢？

上片分别描写蝉的鸣声，蝉的形状，并在其中暗寓了国亡家破的惨痛。清人端木埰分析说：“‘宫魂’字点出命意。‘乍咽还移’，慨播迁也。‘西窗’三句，伤敌骑暂退，燕安如故。‘镜暗’二句，残破满眼，而修养饰貌，侧媚依然。衰世臣主，全无心肝，千古一辙也。”这却未免逐句比附，有些牵强了。我们只需知道作者在词中寄托了兴亡之感，就可以了。因为诗总是诗，历史总是历史，两者嵌合得一丝不走，不特下笔很难，而且实在也没有必要。

换头转从蝉的餐风饮露落笔。用“露”字引出“铜仙铅泪似洗”，暗指宋室沦亡，朝廷宝物尽被劫夺北运。据记载，汉代在长安建筑的金人承露盘，到魏明帝时，被拆毁运往洛阳。诗人李贺为此写了《金铜仙人辞汉歌》，其中有“空将汉月出宫门，忆君清泪如铅水”的话。作者因此说，既然承露盘如今已不在了，你这蝉又到哪儿去饮露呢？这就表达了遗民们惨淡的心情。

“病翼惊秋，枯形阅世，消得斜阳几度。”这三句写蝉，写人，可谓浑然莫辨。“病翼”指蝉翼，因为节届清秋，蝉已接近死亡时候，故说“病”，说“惊”，又说“枯形”。“消得”句是说，它还能有多少日子？作者借蝉的生态比喻自己，认为自己经历了这场亡国的惨变，加上既老且病，已经没有多少时日好活了。命意更为凄恻。

“余音更苦”三句，说蝉还未停止鸣叫，不过已成“余音”，使人听了更觉得凄楚。“甚”是疑问词，意思是你为什么还发出这种可怜的“余音”。唐人方干《旅次洋州寓居》诗有“蝉曳残声过别枝”句。

又贾岛《病蝉》诗："折翼犹能薄，酸吟尚极清。"或是此词所本。"清商"是古乐府的一种。《词谱》在《清商怨》名下解释说："古乐府有《清商曲辞》，其音多哀怨，故取以为名。"这三句又同上文"乍咽凉柯"和"瑶佩""玉筝"相应，前面蝉声还抑扬可听，到此时就成为残余的哀音了。层次分明，而感情更为凄惨。暗示自己纵然用文学作品来抒发情怀，写得如此哀怨，但又能起什么作用？所谓"亡国之音哀以思"，作者也是自知的。

结拍"谩想薰风，柳丝千万缕。"是用逆笔反面取势。意思说，到了这个时候，徒然追忆南风吹拂着千万柳丝的那些好日子，那些好日子已经永远过去了。这样结束全文，是十分沉痛的。

通观全篇，借蝉作喻，确有皇室的影子在，也有遗民的影子在；当然作者自己的影子也在。全篇通过对蝉的声影的描述，流露了对家国沦亡的伤痛；而且焦点集中，倾向明显，绝无游移不定令人迷惑的游词。所以它是写得成功的。

①《彊村丛书·乐府补题》王树荣跋云："《乐府补题》一卷，《知不足斋丛书》本，《四库提要》谓皆宋遗民词。荣前读周止庵《宋词选》，于唐玉潜《赋白莲》曰：'冰魂犹在，翠舆难驻。'曰：'珠房泪湿，明珰恨远。'以为当为元僧杨连真伽发宋诸陵而作。又《赋蝉》曰：'佩玉流空，绡衣剪雾。'曰：'晚妆清镜里，犹记娇鬟'。疑亦指其事。今读此卷，依类求之，此意无不可通。殆即玉潜所谓'只有春风知此意，年年杜宇哭冬青'者也。"按，关于蒙古僧人发掘南宋帝后陵寝事，详见陶宗仪《南村辍耕录》卷四《发宋陵寝》条。

图书在版编目（CIP）数据

宋词小札：今天我们怎么读宋词. 下 / 刘逸生著. — 广州：广东旅游出版社，2019.10
ISBN 978-7-5570-1723-1

Ⅰ. ①宋… Ⅱ. ①刘… Ⅲ. ①宋词—诗歌欣赏 Ⅳ. ①I207.23

中国版本图书馆CIP数据核字(2019)第025831号

出 版 人：刘志松
策划编辑：方银萍 林伊晴
责任编辑：方银萍 林伊晴
装帧设计：谭敏仪
责任校对：李瑞苑 刘光焰
责任技编：冼志良

宋词小札：今天我们怎么读宋词. 下
SONGCI XIAOZHA: JINTIAN WOMEN ZENME DU SONGCI. XIA

广东旅游出版社出版发行
地址：广州市越秀区环市东路338号银政大厦西座12楼
邮编：510060
邮购电话：020-87348243
深圳市希望印务有限公司印刷
（深圳市坂田吉华路505号大丹工业园二楼）
开本：787毫米×1092毫米 1/16
印张：13.75印张
字数：137千字
版次：2019年10月第1版
印次：2019年10月第1版第1次印刷
定价：49.00元